新时代的
马可·波罗

北京今昔

我在中国三十年

[加拿大]李莎·卡尔杜齐 著

于岚 译

五洲传播出版社

图书在版编目（CIP）数据

北京今昔：我在中国三十年 / (加) 李莎·卡尔杜齐著；于岚译 . -- 北京：五洲传播出版社，2021.5
（新时代的马可·波罗）
ISBN 978-7-5085-4687-2

Ⅰ . ①北… Ⅱ . ①李… ②于… Ⅲ . ①纪实文学一加拿大一现代 Ⅳ . ① I711.55

中国版本图书馆 CIP 数据核字 (2021) 第 106439 号

“新时代的马可·波罗”丛书
出 版 人： 荆孝敏

北京今昔：
我在中国三十年

著　　者：[加拿大] 李莎·卡尔杜齐
译　　者：于　岚
责任编辑：王　玮
装帧设计：北京正视文化艺术有限责任公司
出版发行：五洲传播出版社
地　　址：北京市海淀区北三环中路 31 号生产力大楼 B 座 6 层
邮　　编：100088
发行电话：010-82005927，010-82007837
网　　址：www.cicc.org.cn www.thatsbooks.com
承　　印：中煤（北京）印务有限公司
版　　次：2021 年 6 月第 1 版第 1 次印刷
开　　本：155×230mm 1/16
印　　张：11
字　　数：178 千字
定　　价　69.00 元

引 言

30 多年来，我亲历了中国的发展变化。我生活在中国的节拍中，分享她的成功，也曾为她受到的灾难而流泪。

在过去的 30 年中，我通过几本书和几百（也许上千）篇文章发表了自己的观感。这些文章发表在《中国日报》、《北京青年报》、《北京周报》、《人民日报》（海外版）和中国网（China.org.cn）上。在过去 14 年里，我每周一次为加拿大蒙特利尔的意大利文刊物《加拿大公民》（*Il Cittadino Canadese*）撰写一篇文章。此外，我还出版了一些文集，如：《我所生活的中国》（*La Chine telle que je la vis*），《外国人看中国》（*Ma Chine au quotidien*），《以我的方式体验中国》（*Vivre la Chine à ma façon*），《北京书信（1991—1997）》（*Correspondance de Beijing 1991-1997*），《一个居华老外的感言》（*Propos d'une étrangère en Chine*），《像世界一样伟大》（*As Great as the World*），《一个西方人眼中的中国》（*Talking About China*），《在中国的幸福生活》（*Living Happily in China*（*I, II, III*），和《外国人，中国情》（*China, Its People and Life*）。

考虑到过去中国的首都曾经被外国人用“Peking”“Pékin”“Pechino”称呼，这些名称罔顾中国本身的意愿，本书英文版的标题“From Peking to Beijing”旨在揭示中国如何在保有自己个性和丰富特点的基础上经历了其自身的演变、发展和现代化。

《天下若大》已出版 7 个语种。

本书讨论的内容涵盖文化、城市化、教育、环境、社会等，所有这些都与人们的生活息息相关。这应该可以给中外读者描述出一幅中国的发展与开放的图景，并且展示中国在 21 世纪开始的 20 年里所取得的令人瞩目的进步。

通过阅读本书，读者们可以发现我是何时和怎样来到中国以及为什么留在了中国的。他们将通过我的经历了解到，自 1985 年我走下加拿大飞往中国的飞机起，到今天为止，中国发生了怎样深刻的变化。

怎样组织本书的内容曾经令我踌躇不决。以话题为纲，还是以岁月为纲？最后我选择了以我在中国生活的阶段为纲。这样做难免会有重叠的地方，而这也正如人生一样——一个新生儿开始长牙并且会喊妈妈的时候，他仍然还是个婴儿。他上了小学的时候，也没有脱离童年。他心仪一个姑娘的时候，还没有走出学生时代，尔后他将承担起丈夫的角色，父亲的角色。每一个角色都不会和前一个角色截然分开。生活的变化并不会完全让以往的现实湮灭。人生如此，一个社会、一个文明、一个国家的发展亦然。

目 录

一

初见中国（1985）

01 看到新现实

1985 年 7 月，我第一次去中国。当然，我是跟团旅行，有导游带着。我们的飞机在上海降落时，第一个敢于跟我形影不离的中国生物是一只蚊子。导游是一位来自南京的年轻女子。我们是来自蒙特利尔的 31 名游客，一个月内看了 11 座城市！我们谁也不会说中文，都在试图记住导游的讲解。用餐时间总是准点安排在 11:00 和 17:00（对我们来说太早了！）

每天早上，我们的旅游巴士 8:00 准时出发。我们走出酒店时，总有数十名当地居民在门口等着看外国人上旅游大巴。

我喜欢轻装出行，带了三件容易清洗的衣服，分别是蓝色、粉红色和黄色的。扣子可以扣到下巴，但是……是无袖的。在整个旅途中，中国人的眼睛都盯着我的“不雅”装扮。那时候中国男女都穿靛蓝色或咔叽色的外套和裤子，下边多是布鞋，上边是帽子，当他们看到我的装束时该多么吃惊，就可想而知了。

我们的用餐时间安排得很精确，因为在食堂里每 30 分钟就会换一个旅行团的游客用餐。在第二或第三餐时，那些善于观察怎么拿筷子而不是随意使用筷子的人变得熟练起来。我们十个人围坐在一张圆桌旁。女招待给男游客上啤酒，给女游客上橙汁，但是有的女人会把两种饮料混合在一起瞒天过海。狡猾的西方人……

那时，北京不如上海发达。我仍然有张中国首都的旧地图，上边显示只有 19 家可以接待外国人的酒店。现在则有 4000 多个，并且基本不再有区别本地客人和外国客人的规矩。1985 年，我们的旅游团只能参观一下长城饭店的外边，那是景点之一。去年，我再次参观了这个完全现代化了的饭店，简直超出我的想象。

我们团的一些游客被指定向我们参观的每个城市的地陪送礼物。大家被告知说不要和导游握手，更不要吻导游。但是我们当中有些人玩了小把戏，违反了这些规定——为了好玩而已——受到这种不恰当对待的中国“受害者”会因为害羞而脸红。我为这些游客感到羞耻！在另一个国家或地区时，不是应该尊重当地的文化吗？

我还记得，我们旅行团的几个人不明白为什么当室外温度始终超过 33 度时，中国人还会用热茶招待人。“中国人不知道现在是夏天吗？”多年后，我注意到在哈尔滨，即使在零下 30 摄氏度的时候，人们也吃冰淇淋。经验告诉我，中国人是对的：如果根据外部的条件调节体内温度，那么就不会觉得太热或者太冷。

当巴士从一个地点开往另一个地点的时候，我们有机会问导游一些问题。有时候我的旅伴们会问一些令人尴尬的问题，比如避孕问题。她只是回答：“我还是单身，我不知道。”

在上海，我们游览了外滩。谁会错过外滩呢！导游告诉我们，当地人会来找我们聊天，她会给翻译。我记得有一个人问问题的时候，避免使用“小偷”和“盗窃”这样的字眼。他是这样问的：“在您的国家，是否真的会有人进入别人的家里并拿走不属于自己的东西？”在中国，偷盗是会受到严厉惩罚的！

我真的很喜欢这为期一个月的中国之旅，但这就像是很快地把相册一页一页翻了一遍。我看到的一切都和其他地方不同：颜色、口味、社交行为和服饰（没有女人穿裙子或连衣裙，男男女女的打扮都近乎准军事化）。

除了外国游客的出租车和单位的公车以外，没有其他汽车可在机场迎接贵客。但是，自行车的数量和人一样多，全都是黑色的，都停在工作单位后面的院子里，都不上锁……我们得知每 10 个人中就有 7 个人有自行车。自行车是迎娶新娘要置办的聘礼之一，是“三大转”中的一个。

在大街上，可以看到两大包扫帚，每包一立方米，中间夹着一个人。自行车可以用来运输任何东西：煤气罐、鸟笼、捆着腿爪送往市场的鸡鸭，爷爷可以骑着车驮孙子去医院。自行车无处不在，似乎是人性的一部分。除了自行车以外，还有平板三轮车。

那时“改革开放”已经在进行，但我记得直到几年后才听到这个口号。那一个月的旅游只够让我作出一个决定：将来的某一天，我还会再到中国来。

自行车或平板三轮车的上面可以开一个商店，这些运输工具给我很深的印象。

二

书写中国篇章（1989）

02 一次简短但有着决定性意义的重访

直到 1989 年，我才又来到中国，这段短暂而又鼓舞人心的时期是从 2 月 14 日情人节到 5 月 31 日。我在加拿大蒙特利尔的学校给了我一年的学术休假。我在北京语言学院（当时的校名）注册为外国留学生，但实际上，我只是想有一个便宜的住处。那时候，外国人不得在“廉价”酒店住宿。

法国汉学家吉尔伯特 · 埃蒂布勒（Gilbert Étiemble）曾写道：西方对东方中央帝国有多种目标——贸易，交换，传教和殖民化。但这些很少有人了解。我来中国的时候也有一些自己的小算盘，但是没想到中国会征服我。

当时我对北京的第一个印象是，当飞机降落时，从空中往下看是一大片黑暗。城市里几乎没有灯光，就连机场也没有。公交的末班车在 21:00 收班。无论如何，人们晚上都不会出去，外面什么也没有。没有酒吧，没有迪斯科舞厅，也没有卡拉 OK。

中国人那时候习惯早睡早起。每天早上 6:00，他们在上班之前，已经在公园或单位的院子里练习太极拳了，然后开始每周六天的工作。除了工作，中国人似乎无事可做，我身边很少有中国人会去旅行。中国人口的流动——主要是因为有的人出生在与工作地不同的另一个省或村庄，他们要回老家过春节。

学校里有公共浴室，会议室，邮局，诊所和公用电话（如果没坏的话），但人们必须排队使用这些设施。

支付了我的住宿费和学费（学中文只是我找便宜地方住的借口）以后，我算了一下，如果每天最多花 4 块钱，我可以在中国待三个月。在食堂，早餐是八毛钱，午餐和晚餐是一块五。那是给外国人的价，而中国学生和老师则觉得这是一种奢侈。他们有自己的食堂。

3 月中旬，白天的温度已经达到 20 摄氏度。来自加拿大的我简直不敢相信。我以前从未穿过长裤，我只带来了裙子。别人给我取了个绰号，穿裙子的姑娘。

我在那里写我的小说《爱的季节》。四章里有一章以中国为背景。

我已经和北京语言学院的老师说好了，我每天都会上课，但并不是真正地学习汉语。但是，我支棱着一只耳朵，竟也掌握了不少，得以在以后的生活中派上用场。

我跟一个荷兰女生合住一个房间。一个下午，当我回到房间，打开我的文件夹，发现一根黑黝黝的头发——那是中国人的头发。我知道我的房间已经被检查过了。也许我是个不受欢迎的人？我不禁发笑，因为我没啥可隐藏的。不过，既然我是这个国家的“客人”，那就客随主便吧。

我观察到一些有趣的现象。例如，中国人从不回答“行”或“不行”，而总是说“也许”。他们总是不得不请示上级。

还有一些风俗习惯也很有趣：中国人总是把客人送到门口，甚至送到汽车站。他们在称呼人的时候总是称呼其官位——局长、主任什么的。

中国人自己的世界是单一的，他们也这样看别人。他们总是喜欢问：“你们外国人吃洋白菜吗？”“外国人喜欢辣椒吗？”

我也和一些来自非洲的学生交上了朋友。他们来自喀麦隆、贝宁和刚果。有些人到现在还保持着联系。

当时在北京语言学院住的宿舍

我说起中国的时候有一个最喜欢的话题——公交，因为在公交上你能面对真实的人，那些对遇到外国人毫无准备的人，这是真实的生活。

“舞动”的自行车

在中国，有一个景象使我着迷：几十辆自行车，红灯亮起的时候在白线后戛然停止，然后绿灯一亮，又一起移动起来，就像在跳芭蕾舞。我是在中国学会骑自行车的，但是那些灾难性的经历总是以瘀伤结束。这些瘀伤的颜色和大小都和茄子一样。在学会了如何保持平衡之后，我只试着上过一次街，尔后则仍然偏爱坐“11 路”而不是骑两轮车。不骑车让我节省了时间：不必擦车，不必开车锁车。这样节省下来的时间我就用于走路。更重要的是，每次徒步都可以恢复我的自信心。我发明了一个不骑车的借口：步行对健康有益。我知道如果我骑车的话，我就会给公共安全带来威胁。我倒是希望能在一条没人走的路上骑车，但是在中国，在一个上千万人口的城市里，还是别想了。

我于 1989 年 5 月 31 日离开中国，并不是因为当时情势不稳定，而是因为我的航班早已确定在那天。但是，我肯定会再回来，在中国至少待上一年。作为一名讲法语和意大利语的老师，在中国找工作很容易，特别是有个中国朋友后来告诉我应该把申请材料寄到哪里，即不直接送到大学，而是直接送到外国专家局。这是 1991 年 7 月的事了。

03 值得赞赏的人

常常有这种情况：优秀的人是无名的，而且会被忘掉。

我在中国的 20 年里，认识了很多优秀的人。在我的故乡加拿大，10 月的第二个星期一是感恩节。我要借此机会纪念一下曾经照亮我道路的那些人。

1989 年，我在北京病得很厉害，昏迷之中被人送到了宿舍。一个老师帮我买了药，告诉了我该怎么吃，便匆匆骑车回家了。20 分钟以后他又回来了，因为他忘了找给我三毛钱。他把钱给我的时候千叮咛万嘱咐地说别把这件事说出去。我知道他是老实人，当然不会坏了他的名声。

2001 年，应一个内蒙古自治区 18 岁女孩的叔叔的请求，我在家里接待了女孩。她来到我家后，打开水龙头洗手。水压很大。她立即关小了水龙头，只让细细的水流出来。她说："我们一定要节约用水！"

在内蒙古，由于人口增长和过度放牧，以前葱绿的草原已经沙漠化。我想我是对环境保护很上心的，但是从这个女孩身上，我认识到自己还可以节约更多的水。

几年后，我听说这个名叫托娅的女孩在呼伦贝尔当了出租车司机。这对晕车的她来说很奇怪。不幸的是，有一天晚上她没回家，第二天，人们竟发现她已经在自己的车里遇害了。当时她才 24 岁。

2003 年，我和朋友在青海找到一个司机名叫张军。他要价很低，我们还以为是以人头计算的。他不但带我们看了十世班禅喇嘛的旧居和青海湖，还带我们去看了山里头的清泉流瀑，还有一个偏僻的但有着很好的木头建筑的百年老村和文都寺。在文都寺我们见到了他的朋友，一个喇嘛。

这位好司机非常能替人着想。他为我们服务结束以后，出其不意地来旅馆接我们，坚持免费把我们送到下一个目的地。

2005年的一天，我因为一些个人问题陷于极度痛苦之中。一个上海的朋友打电话给我说："如果我明天去北京，你会在那里吗？"我以为他只是想安慰安慰我，但第二天他就出现在我家门口了。

"我觉得你需要找个人说话，所以我就来了！"他说。事实上，我当时最需要的，莫过于有个人听我倾诉了。

2007年，我退休了。虽然我被允许留在中国，但作为一个外国人，我不享有任何福利，比如养老金和医疗保险。我以前的一个学生应远马住在杭州。他写信给我说："我和我的妻子都同意你来和我们一起住，愿意住多久住多久。你可以天天去西湖读书和写作。你什么都不需要做，什么钱都不需要付。"我当然不会白占这个便宜，但我将永远记住他们对我的这种家人般的爱和尊敬。（直到现在，他一直关心我和我的家庭。）

在这个国家的这些年里，我也遭受过小偷的光顾，也曾看到过其他不光彩的行为，但我更愿意记住那些值得尊敬的人。

三

作为外教（1991—1993）

04 作为一名外教

我曾在北京第二外国语学院（简称“二外”）工作。我在那里教法语和意大利语。

新年假期过后，一位意大利语老师擅离职守，没跟任何人打声招呼就走了。系里让我接她的课，外加一个成人班。无论学生是谁，我都遵循自己的原则：教一门语言，要让学生开口说话！周末的时候，我们去街对面的市场，学习水果和蔬菜的名字，学习怎么砍价，问问题和表示感谢。学生们不仅热情高涨，而且学得很快，但我这种教学方法也受到了一些批评。

作为一名外籍教师，我星期天没课，但有的中国老师有。所以，星期天是我探索这座城市的日子。我喜欢去的一个地方是秀水街。一个特立独行的学生主动提出来说要陪我，按他的说法，好像我一个人去会被骗似的。但看到我像专家一样讨价还价时，他说：“你中文说得这么好，哪用得着我帮忙啊！”其实我只会不多的词语，但我的长处在于：我不怕丢脸。我总能想法子让人们听懂我的意思，如果闹笑话的话，我们就一起哈哈大笑好了。

我的理论是：如果你能说“你好”“多少钱”和“谢谢”，并且你会用两只手，你就可以讨价还价了！我告诉你吧：如果你用外语讨价还价，不要指望有好的结果；你会被当作外国人对待，而中国人都觉得外国人有钱。

除了讨价还价之外，我还用别人告诉我的正确方式与人交谈。例如，我在街头向一位修自行车的老人问路时，我会用“老大爷”来称呼他。他站起来，看着我的眼睛，用食指指着我的鼻子，当然是用中文说：“这是第一次有老外叫我老大爷！”哈哈！我这样叫他并没有得罪他，反而让他兴高采烈。

每当我有机会出去的时候，我不需要导游，也不需要翻译。我自己做我自己的导游，当我自己的翻译。我学得很快。管它有什么错误呢！

我本来打算学中文，但是给外国人开的中文课跟我的教学时间冲突。所以，我必须从自己的错误中学习。我发现一个有趣的现象，“kāi”

这个词既用于“kāishuǐ”（开水），又用于“kāichē”（开车）。这两个“kāi”是一样的字吗？我不需要知道：我只是为了日常需要而说话。作为一名语言学家，我也高兴地发现，重复一个动词的时候，比如说“坐一坐”“试一试”“看一看”，可以使说话口气变得委婉，或者暗示动作是简短的。另外，初学英语的中国人会说“look-a-look”，他们的这种类比思维让我觉得忍俊不禁。还有，你有没有注意到在英语、法语、意大利语等语言中，“西北”和“东南”变成了“北西”和“南东”？为什么会反过来呢？在中国，人们“吃”药，“喝”汤……

有些问题是不能直接问一个西方人的，比如：工资、家庭状况，还有年龄。但“老”在汉语中有时是一种尊敬，可以称呼王先生为“老王”，管爸爸叫“老爸”。我母亲1995年来中国时，我的工作单位（中央电视台）设宴欢迎她。一个同事致欢迎辞。他多次使用了“老太太”(old lady)，他只翻译了文字，却牺牲了文化。

在市场上，摊贩招揽外国人的时候，即使还没有谈到价格，也会叫喊“cheaper, cheaper”。他们常常会说“Oks”和“Hellos”。

05 糖还没化

2008年11月，我在北京4路公交车上碰到了一个女人。“您以前是二外的老师吧？”她问道。的确，1991年到1993年我在二外任教。一开始我以为她可能是我的一个学生。但她接着说：“您是那个想买红糖的人，对不对？”“呃，是，是啊。”我一时不知道说什么好。

遇到她让我不由回想起我初来中国时的第一次购物经历。我问那位女士是否还在国营副食品店工作。“不啦！”她大声说，“都哪辈子的事了！1996年，我和老公自己开了个店。4年后，成了一家超市。我们雇了40多名员工呢。”“你还卖红糖吗？”“什么糖都有：从浅色儿的到深色儿的都有。还有进口的呢。您知道，中国变化大了去了。”

我记得我在二外的第一年，在教师楼，冬天只有早上6点到8点有暖气和热水，晚上也是两个小时。他们觉得其余的时间里你要么在上课，要么睡觉了，用不着暖气。每周有一天，分片轮流停电。一年后，教室里有了暖气；两年后，我去那里旧地重游，都认不出那个地方了。

这女人说的买红糖的那天，是个星期天。每个星期天早上我都做些饼干，那天也不例外。我一般是把刚烤好的、还冒着热气的饼干送到学生宿舍去。我的学生们已经习惯了我送吃的给他们，自然也在翘首以待。在那个年月里，饼干，特别是外教按外国食谱烤制的，是很难得的东西！男生们也不会错过，他们还会请自己的一些朋友（不是我的学生）来他们宿舍分享。你说我能不管他们吗？

我准备烤面包的时候突然想起来家里没有红糖了，所以我去了国营副食店，那是现代超市的前身。但是在离开学校之前，我忘了问别人"红糖"怎么说。我一到柜台前，就说我要买"咖啡色糖"。店主给了我白糖。"不，不是白色的，是这种颜色！"我指着店里一个棕色的东西说。其他柜台的女孩过来帮忙。幸运的是，那时候店里的店员比顾客还多，所以他们有时间帮我，我们一起很开心。

一位店员给我看了咖啡用的方糖。这不是我想要的。另一个给了我咖啡味的糖果。我一筹莫展，我们都笑了起来。我想：我还是回到学校去，弄清楚怎么说红糖再回来。

跟他们说了声"再见"后，我就往外走。还没出门，我看到一包塑料袋放在架子上，里边装的好像是红糖。"这是什么？" 我问。"这是红糖。"女人笑着回答。啊！ 原来中国人管我们说的"brown sugar"叫红糖！

毕竟，我们意大利人不是把鸡蛋里黄色的部分叫作"蛋红"吗？而法国人则称之为"蛋黄"。西方人不也把中国人的"红茶"叫作"黑茶"吗？言归正传，不管中国红糖的颜色有多深，不管中国人眼中它是什么颜色，那天我做的饼干倒是挺好吃的，我还拿了一些给女店员们。20年后在公交上认出我的女士最后说："对了，您的饼干真好吃！"

如果我想生存下去，我必须会说中文。所以，第一，我听别人怎么说话；第二，我问他们问题；第三，我查书。

06 这些量词啊……

在当时看来，最令人费解的是“量词”，但它们也很有趣。我的一个亲戚在自学中文。我给她做了一个常用量词表，附上一两个例子，供她记忆。比如，我告诉她：“如果你要买烤鸭，你就说‘一只烤鸭’，因为鸭属于鸟类。”

几天后她问我为什么猫跟鸟用一样的量词。“是不是因为猫吃鸟啊？”

“不是，猫是猫科动物。”

“那我也应该用‘只’说狮子和老虎，对吗？”

“嗯，不尽然。说老虎用‘只’，说狮子用‘头’”。

“你不是说‘头’是用于说牲畜吗，比如牛、羊、马和驴？”

“嗯，对，不过不是仅用于牲畜，而且不是用于所有牲畜的。马跟驴就不一样，得用‘匹’。猪很贪婪，竟然需要两个量词，‘头’和‘口’。”

“天哪！这叫我怎么学啊？那狗怎么说呢？”

我很不好意思地告诉她说狗要用“条”，因为狗属于长条类的东西，比如裤子、裙子、面条、蛇和鱼。

“我懂了！”她说，随即自己把香烟和铅笔也加了进来。

“香烟和铅笔？不不不！它们得用‘根’。头发、火柴和绳子也都用‘根’，懂了吗？”

“我看这个理论一点也不合乎逻辑。”她说。我不敢反驳她，因为20年前我学语言学并且在昏暗的中文隧道中摸索的时候，也曾得出过同样的结论。但我还是

“汉语量词啊……”（老杜插图）

努力鼓励她，帮助她找到一些规律性的东西。

“想想看，桌子、床、邮票和纸有什么共同点？”

“都是平的，四方形的。”

“太对了。所以它们都用一个量词‘张’。”

听我这么一说她忍不住笑了。我问她笑什么。

“我想我可以把这个‘张’放在我妹夫的名字前头，因为他也是又方又平的。”

然后言归正传，她又说：“我来这之前，刚刚在字典里查了这个量词。字典里说它是用在嘴、弓箭和渔网上的。你不是说又平又方吗？我们是不是在说同一个‘张’字啊？就是那个姓张的‘张’？”

“当然啦！”

“嗐，我干脆甭琢磨了，照着用就是了。”

“你不觉得学这个很好玩吗？我刚学中文的时候，量词是我最喜欢的。中文之为中文就在于量词！除了量词，别的都是可以预料得到的。”

07 语言与文化

学习一门语言，不管是哪种语言，最重要的是什么？是去理解产生那种语言的土壤——即这种语言的思维方式和说这种语言的民族的文化。语言是文化不可分割的一部分，它反映了语言使用者的精神。人类的语言是建立在人脑对世界的认知上的。例如，在某些非洲语言中，颜色被分为三类：绿色代表大地，蓝色代表天空，“其他颜色”代表其余的颜色。在中文里，“青”一词可以用来表示天空的蓝色、草的绿色或草的新鲜，甚至可以表示黑色，如老子过函谷关时骑的牛。

在意大利语中，“nipotino”既可以指外甥、侄子，也可以指孙辈。这意味着，对于意大利人来说，这两种关系属于同一个范畴。此外，汉语中对哥哥和弟弟、姐姐和妹妹的称呼也不一样，而且经常根据他们在家庭中的排序来称呼他们：二哥或三妹，而法语中只有“frères（兄弟）、sœurs（姐妹）”。英语可以把很多人都称为“uncle”和“aunt”，而在汉语中，则要看这个“uncle”是父亲一方的，还是母亲一方的，是比说话人的父母年龄大的，还是比他们年龄小的，是家族里的，还是通过联姻而来的。不同的情况有不同的叫法。

因此，在学习一门外语时，必须注意与该语言相伴的文化。为什么中国市场的摊贩说“look-a-look”（看一看）？这纯粹是中式英语。因为他们是在翻译他们自己的语言结构和概念。在汉语里，动词的重复表示一种简短的感觉，就如英文里的“give a glance”（看一眼），“sit a little”（坐一会儿），或者“take a bite”（吃一点）。

在中文里，“家”的意思是家庭和房子。有一次，我问一个中国人是否要回家；我的意思是说现在，下班后。他回答说这是不可能的，因为他的家在湖北，他只会在春节回家。那天晚上，他回的是宿舍。

我还可以举出很多令人惊奇的例子，比如吃药、喝汤，就像中文里说的那样，这对于说法语的我来说是很特殊的表达方式，因为我们的心理模式是不同的。

我们西方人希望中国人不要问我们的年龄、婚姻状况或者工资，不要称呼一定年龄的人为“老太太”，但当我们直呼中国同事的名而不用其姓氏，或者直呼老板的姓而没有冠以表示礼貌的“老”字时，我们并不会意识到自己的行为很奇怪。中国人在跟店员说话时，不会生硬地说“我要什么什么”，而是说“我想买什么什么”。他们谢绝一杯茶的时候也不会生硬地说“不要”，而是说“别麻烦了”或者“我已经喝得挺多的了”。对于这些说话习惯，我们有没有给予注意呢？我们学语言的时候，应该时常观察和分析伴随和孕育这种语言的文化现象，这才是明智的学习方法。

08 一种奇特的经历

对于一个西方人来说，生活在中国不是一个很好的机会吗？我记得北京一家餐馆有个意大利经理，整天在他的日历上划掉过去的一天。一想到他，我就觉得他什么都不懂。事实上，他从来没有尝试过与中国人交流、没有坐过公共汽车、没有亲自去过市场。

有些外国人不喜欢被称为“老外”，这可能是因为“老”这个词。但是，做一个老兄、一个老朋友并不会令人不愉快！在大城市里，几乎每一个居民都见过外国人了。但也可以想见，在中国各地旅游的时候，除了大城市以外，会有中国人围观外国人的现象，他们会看外国人在市场上怎么讨价还价：在这个国家，人们会通过一个人的消费水平来判断其能力和级别。有时，一些中国人甚至会去摸摸老外的黄头发。

有一次，我走在街上。一个骑自行车的人从我身边经过，看见了我这个老外。他转过头来不断打量我。在他前边有一辆装满卷心菜的卡车，他眼看就要撞上去了。我绝望地向他打手势警告他，但毫无作用。卷心菜倒是没什么可抱怨的，但是那个可怜的骑车的人得在那儿待几分钟，擦掉额头上的血。

在中国，令人愉快的经历就是生活中不断有意料之外的事情发生。从来不会有两天是一模一样的。

09 不要腼腆

几年后，一群使馆官员的女眷们问我：“在这个国家你怎么找到快乐？”。我告诉她们我的秘密：“用上两三个简单的汉语词，乘坐公共交通工具出门。”看到她们非常想知道怎么才能开心，我主动给她们做了两个小时的报告。在那次报告会之后，我写了一篇题为《在中国幸福地生活》的文章。以下是一段摘录：

你学中文，是从这几个简单的词语开始的——“你好”“多少钱”“谢谢”“不客气”，每天会增加一两个单词。不管怎么努力，错误总是难免的，别太在意！你刚进小学的时候，还没有学会整个字母表，就开始读写简单的单词了，你还记得吗？

你也得观察中国人在不同的场合做什么、说什么。文化是语言产生和滋养的土壤，它是课本里学不到的，只能在生活中学到。使你全身心浸入真实生活的地方就是市场和公共交通。

我向你们发出一个挑战：带上一个布包包，或者你们从中国南方当纪念品买回来的竹篮，亲自到市场里走一趟，自己去或者跟别人去都行。去坐一下公共汽车和地铁。如果你们仅仅坐在你们带空调的黑色轿车的后座上，让一个中国司机带你们到处转，你们是永远学不会怎么在一个城市里、在它真正的居民之间游刃有余的。

10 “单位”里的生活

1991 年至 1993 年，我住在学校的外国专家楼。来自各个国家的外国人有他们自己的小天地，而中国人——老师和其他工作人员——则在他们的单位里，用英语叫作“work unit”。

“单位”指的是共产党领导下的、献身于同一职业（医院、大学、研究所、出版社、工厂、矿山、军队）的一群人。单位负责生产的计划和生产手段的分配。单位不仅管业务工作和政治方面，也管职工的社会交往和私人生活。

单位提供终身的工作和住房。所有职工都享受免费医疗、免费子女教育，退休后有养老金。有的单位还广播起床号（6:40），敦促大家做早操。食堂提供一日三餐。有时还会组织看电影。我记得我花了一角钱买过一张电影票。后来电影票涨到三角一张。

单位会组织郊游、运动会、音乐会等，讨论避孕方法，帮助老年人。所以，市民晚上不需要出门。单位包揽一切：工作、食物、住房。每个人都属于一个“单位”。单位管理着职工的结婚、离婚、学习、出国、医疗和丧葬。

到20世纪90年代末，住房市场化了。公寓被“赠送”给职工或以低价出售给他们。当然，我说的是中国人；外国人不能购买房产。即使是在中国创业的外资企业，也需要有一个中国合伙人，而且中国合伙人名义上要占多数股权，至少51%。但这只是幌子而已。外资企业破产的时候，其中国合伙人本来可能只有30%到40%的股份，但他会按着在律师前签署的合同上规定的比例拿钱走人。

不久，单位的公寓可以被改建翻新，然后转售给外人（但不是外国人），再过一段时间，它们也可以被拆除，重建成现代化的楼房。

首先，由于几十年来都不是自己公寓的“主人”，大多数中国人不知道如何打理公共区域，导致这些地方被废弃，越来越破败。其次，他们也误解了装修的本意，以为装修就是追求现代化。就像有些人可以把路易十四（Louis XIV）的床放在右边，而在左边摆上一个19世纪的时钟。他们会从宜家买一个适于存放西式餐具的餐具夹，但放进去什么呢，筷子吗？西方的床上用品与他们的传统被子和枕头也毫无关系。他们有时很想让我们这些外国朋友看看他们的公寓，而我们却不好意思评论。

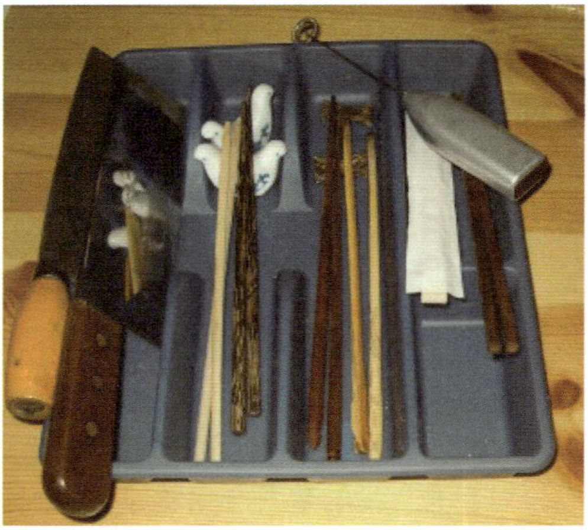
宜家的餐具夹

对单位的依靠也代表了一种思维方式，一种集体心态。我仍然可以从那些在某个单位“窝”了几十年的人身上发现这一点。

11 米还是米饭？

作为一个外国人，我只能住在我的“工作单位”允许的地方。全国各地来北京上大学的学生也不是“居民”，不能住在校外。家住北京的学生家里有粮票，会给我一些他们用不完的。老人、病人、婴儿和外国专家有牛奶供应（但不是免费的）。我在二外的时候，每天每人的定量是 120 毫升。规定是：你先预付一个月的钱，然后每天早上 6:30 去排队。如果你错过某一天，你这份儿供应就取消了。

学校里有个教师专用食堂，但我更喜欢在家里做饭。有一次，我去一家国营粮店买大米。在 20 世纪 90 年代初，粮食类（包括面包、饼干）、油和肉等仍然需要凭票换购。我不是中国人，也没有北京户口，所以我没有票证，但我的学生常常给我一些他们用不着的票证，因为他们在学校食堂吃饭不用粮票。我拿着米票去买米的时候，卖米的女人不卖给我，而是说了一大堆话。我猜她的意思是“你是从哪里弄来

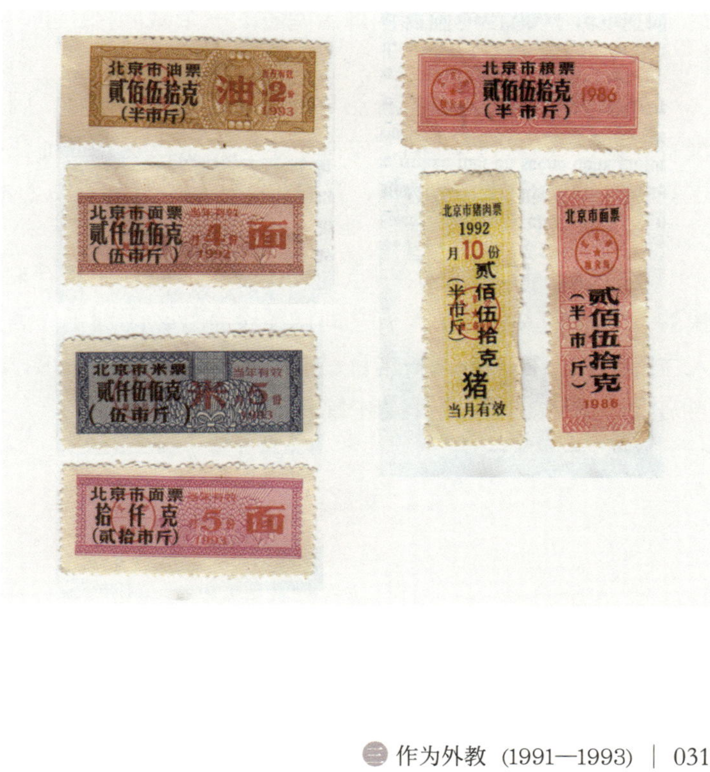

购物票证

的米票？你不是中国人，我们不能卖给你”。我用法语、意大利语和英语加手势为自己辩解，但我纯粹是在对牛弹琴。最后，她抓住我的袖子，把我拉了出去。当时我以为她是在赶我。事实上，她指了指街对面的一家餐馆。总之，是我又搞错了，因为我说的是我要买“米饭”，而她卖的是生米。

12 自由的限度

在辽宁省沈阳市旅行时，我曾经被七家旅馆拒绝入住。后来一个好心的旅店老板允许我住在一个四人间里，条件是我要在其他三个女孩回来之前就上床睡觉，第二天早上天亮前我就得起床离开。很久以后（2003 年），在中国西南部云南省的一个藏族村庄里，我也有过类似的经历。

外国人在中国是否有合法身份，这的确需要监督，因为有许多人没有签证，或签证已过期，或持学生、探亲或观光签证在中国打工。这些人的犯罪行为也在增加，有的非法居留，有的走私艺术品、古董、受保护动物的皮毛或毒品。

但是这方面也在一点一点地发生变化，而且在我看来变化速度挺快的。中国客人和外国客人之间已经没有什么区别了。酒店不再挑选入住的客人，客人可以根据自己的钱包和品味选择旅馆，夫妻住店不再需要出示结婚证，哪怕是中国游客。

13 最好理解中国人的逻辑

1992 年，我第一次在中国过生日时，邀请了很多人到我的公寓，有学生、中国老师和外国专家。但是我的一个学生说："你应该在教室里举行聚会。"幸运的是，我听从了他的建议！

那时候我在中国已经待了 9 个月了，我应该记得，在这个国家，即使是节日也有一个正式的开始和结束："聚会结束了，谢谢你的到来。"

我告诉客人们"晚上 7 点以后"再来。按照我这个西方人的想法，我想第一个人应该是晚上 7 点半到，然后到 8 点以后大家才基本到齐。

相反，能来的 7 点就来了，安静地坐在房间四周，等待着所谓的开幕词。7 点 20 的时候，一个觉得跟我关系比较近的人对我说："你应该开始了，已经很晚了。"你能不能对客人们表示欢迎？事实上，我很惊讶地发现，来的所谓客人里，有一些我没有邀请的人，而我还在等那些我认为会因为某些原因迟到但绝不会缺席的人。后来，我那聪明的学生告诉这些国际"观众"说，我将会用五种语言发言，包括我蹩脚的中文。

这次聚会教会了我很多东西：我邀请的每一个人都恭敬地回答说，他们绝不会错过这样的机会。然而，他们中许多人没有露面。另一方面，有几个我没有邀请的人反倒来了。第二天，有几个"缺席"的人来跟我道歉，说他们是在活动结束后才知道那天是我过生日。从那时起，我明白了，出于礼貌，中国人从不拒绝别人的邀请。拒绝别人等于是说："我的生活中有比你更重要的事情。"他们的策略是只说他们会来，然后不来就是了！这是一种礼貌的方式——这样每个人都很高兴。同时，我也了解到，发邀请的时候要对方回复来与不来，对中国人来说毫无意义。

尽管有这样的经历，我还是真心喜欢中国和这个美好国家的人民，我希望能够长期生活在这里。这是我 28 年前写的。

另一方面，我们这些外国人不也有让我们周围的中国人感到紧张或不舒服的地方吗？中国人可能出于礼貌，没有表现出他们的恼怒，而中国人的这种沉默只会强化西方人的态度，令他们认为自己总是对的，无所不知，因而自行其是。例如，许多外国人在中国生活多年后，还不明白组织一个活动（音乐会、演出、会议、节日）没有必要提前3个月、6个月或12个月就着手。毕竟，如果我们这样做，我们以后可能不得不修改计划。中国人通常只提前一周计划，提前两天预订，并在活动当天发出邀请。然而，他们是否曾因时间仓促而取消过节日聚会、派对、招待会、会议或宴会？他们有没有因为没有提前几周广而告之而面对空着一半的音乐厅或剧院？好吧，这是几年前写的，总之，中国人和西方人在需要多少时间上，仍然有很大的不同。

有时，我听到外国人这样评论中国："这就是中国嘛！"或者，"你不觉得吃惊吗？你来中国多久了？"即使他们说这些话的时候是面带笑容的，我个人还是会感到被冒犯了。对这些人来说，任何不符合西方逻辑的东西都是不合逻辑的。任何不同的东西都不可能是好的。我经常听到这些人说，他们会回到"真实的世界"去，其实更好的说法是：去麦当劳。

怀旧并没有什么不对。但许多外国人希望世界像他们所看到的那样变化。那么，是谁决定他们的做事方式就是最好的呢？我怀念的是与真正的中国人生活在一起，住在真正的房子里，而不是住在镀金的、过分保护的独立王国里。在我搬到北京顺义区自己的公寓之前，我就是这样想的。在顺义的那个居民小区，我是唯一的外国人。

一些奇怪或不合逻辑的事情发生在这个国家（因为没有什么是完美的）时，一些外国人很容易指手画脚地说，"中国嘛，就这样！"但同样的事情发生在他们自己的国家时，那就像路上的一颗石子儿一样，可以置之不理。

为什么外国人看到老北京火车站的大门只开东西两个门，而不开中间的门，就指责说它设计得不合理？他们真知道在春节期间千百万乘客赶火车回家的时候应该怎么维持秩序吗？

没有单一的逻辑。逻辑是一种来自特定情境的概念，一种适合特定民族的概念，因为每个民族都有自己的哲学和文化。

路易吉·皮兰德娄（Pirandello）说得对："Cosi e, se vi pare"（各人有各人的道理）。有多少思考的头脑，就有多少真理。我们都是不同的，难道不正是因为这样，这个世界才是美丽和有趣的吗？

考虑到东西方文化的巨大差异，要想在中国过得快乐，你必须带着一颗童心、“一张白纸没有负担”的精神和一种“准备从头开始”的思想准备来中国，而不是处处想和自己习惯的世界作比较。只有这样，你才能发现中国的逻辑。

14 公共交通

在中国，公共交通一直是我的“教科书”。在这里，你可以看到各种各样的人在一起，他们无拘无束，他们起初会观察外国人，对我们评头品足。如果你懂中文，你可以装出一副天真无邪的表情听他们说话，从中你可以学到很多东西。那也是一间免费的“教室”，我喜欢坐在那里，假装读一本书，偷听他们说话。

我在北京的第一年，城市公交车都是浅黄色的，上面有红色条纹——俄罗斯风格。公交总是很拥挤，而且迟迟不到。中国的货币是元，口语中叫“块”，一块钱等于十毛钱，一毛钱等于十分钱，有硬币或纸币。为了方便起见，人们会把五张又旧又脏的一分钱纸币折叠成一个五分钱的角子，这样用起来方便些。我保留了最后一批连银行都不愿意回收的这样的钱。

最后的分钱

当远处开过来一辆公共汽车时，一群不耐烦的乘客会跳到他们估计公共汽车会停的地方。一旦车满了，经常会发生这样的情况：乘客们还在试图上车，售票员会动员一些人下车，这样车门就可以关上，车就可以起步。这些场景我已经看过好几回了，可能会持续十分钟！

那时的地铁是为外国人和有钱的人开的，不过老百姓也可以乘坐。但是我听到有人说，我花三毛钱就可以坐汽车，为什么花一块钱坐地铁？我倒是享受得起这种“奢华”，但是我觉得很不自在，所以宁愿不坐。正如我不坐出租车一样。

15 私家车之梦

每当新年伊始，我总是问我的中国朋友他们对新的一年有什么期待。今年，我既惊讶又难过地看到，他们都梦想拥有一辆汽车，而且这种愿望比前一年更为强烈。

我绝不反对中国人有权利与发达国家的人享有一样的住房条件、家用电器和其他商品。但是，很明显，他们许多人没有考虑到出现大量私家车会带来的问题。

不久前，北京幼儿园检测了孩子们血液中的含铅量。测试显示，69.6% 的儿童体内含铅量过高。虽然这个测试没有提到汽车尾气是这类铅的来源，但西方国家认为汽车尾气是一个重要的源头（其他来源包括：摄入含铅油漆片以及喝了用铅管运输的水）。北京政府禁止汽车使用含铅汽油已经半年了，但多年来呼吸污浊空气对儿童和成人的影响是明显的。

在中国，汽车数量可能暴涨的城市都是老城市。他们的街道是为行人、人力车和自行车设计的。在北京，即使是专门为车辆修建的道路，包括二环、三环，也经常超负荷。在许多社区，人行道不再属于行人——它们变成了停车场。每当我不得不绕过一辆挡住我去路的车时，我就会感到心烦意乱。

在我的家乡蒙特利尔，很多人从郊区的家开车到最近的地铁站，然后乘地铁或公交车去市区上班。一些通勤者组织拼车。如果四个有车的同事去同一个工作地点，其中一个会开车去接另外三个。共用一辆车的四个人轮流担任一周的司机。这样做的结果就是只需要一辆车上路而不是四辆。我必须承认，拼车并不总是出于对环境的关心，有时候，只是为了免去找停车位的麻烦。

现在赴约会、听音乐会或者到大学上课迟到的人都有同样的借口——交通堵塞或没地方停车。即使是在某种程度上为汽车重新设计过的城市也依然如此！中国是否有必要落入同样的陷阱，重复同样的错误呢？现在采取对策还不算晚，但很快就会晚了！

要让人们牺牲个人的舒适和对面子的追求，敞开心扉去思考什么对整个社会有益，而不仅仅是对我们自己有益，的确是不容易的。

在今天的中国，拥有一辆汽车被视为财富和成功的象征。我希望中国人能放弃这个想法，努力去发展一个良好的公共交通系统。这个国家需要更多的火车(城市轻轨和长途火车)，更多的公共汽车和地铁。这是摆脱交通堵塞的唯一办法。

16 堵车

对于世界上正在发生的事情，或者不如说是对于有钱的西方国家正在发生的事情，中国人的眼睛正在睁得越来越大。

几十年来，中国人一直为自己的自行车感到自豪，后来他们开始垂青汽车。买得起的人都会买，街上很快就挤满了没有经验的新司机。他们不仅造成事故，而且造成交通堵塞。在私家车出现之前，只有出租车司机有驾驶经验。对于像我这样有驾照的人来说，很容易看出谁是新手。此外，上班迟到以“堵车”为借口也开始流行起来，而这种辩解通常是真的。

有一次，我问一位朋友为什么买了辆车，因为我知道他的办公室离家骑车只有 10 分钟。开车的话，他会在路上花 40 分钟。“我有什么办法！”他说，“我的几个员工都有车。我是他们的老板能没车吗？”哦，我明白了：这是地位的问题。没有车他会丢面子的！

中国要达到甚至超过世界城市公路和城际公路的水平，还需要经过几年的交通堵塞、污染和道路建设。

北京市中心（2017 年）

北京东四环（2016 年）

17 在农村过春节

让我们回到 1993 年。我的一个学生邀请我去杭州和他的家人一起过春节。他们给了我最好的房间，而自己则挤进了另一个房间。我受到了女王般的款待！我与他的家人建立了一种日久弥坚的关系。杭州是我在中国 30 年里访问最多的城市，大概有 20 次。我去那里会朋友、旅游，参加各种会议。

这是一次我永远不会忘记的旅行。我到达杭州的时候，一个惊喜在等着我：来迎接我的不光是跟我联系好来接我的学生，还有另外一个学生。因为快中午了，他们带我去一家餐馆请我品尝当地的特色食品“叫花鸡”（一种裹着荷叶慢慢烤熟的鸡）、茶叶虾、30 厘米长且像手指一样粗细的茄子、糯米莲藕、莼菜汤（一种对我来说是全新的蔬菜），还有我在其他地方从来没有尝到过的非常柔软、带有奶味的鲜嫩豆腐，以及西湖醋鱼。

杭州美食

紧接着，我就去了仙居县（仙居的意思是“神仙之家”），那个学生带我去了他的家。到他家要坐 8 个小时的汽车。我的“导游”应远马是我以前的法语学生，他一路上给我介绍浙江省，例如，浙江杭州以丝绸、扇子、茶叶和剪刀而闻名。

晚上 9 点，我们到达了他的家乡，蒋忝。这个时候，从车站出来的只有三轮车。行程约 5 千米，其中一半以上要穿过田野。没有柏油路。前一天下过雨，一路泥泞，坑坑洼洼。

蒋忝的夜，没有灯光，只有星星。我一生中从未见过这么多星星！它们不是黑暗中的小斑点，而是聚在一起的星云，星星之间的距离很小。在星星下刷牙是一件多么愉快的事啊——当然是在外面，因为屋里边没有水。

关于厕所——白天和周围的人在一起的时候，我觉得不好意思使用那个巨大的陶缸。积满之后，当地人会把里面的“内容”用来给田地施肥。2 月了，农田正在返青。而我不能说我给农田作出了重要的贡献：每当自然“召唤”我时，我都拖延到去城里的时候才办事。

在仙居，欢迎客人的传统是请客人喝一种用荔枝和三个荷包蛋熬成的甜汤。我知道拒绝是不礼貌的。应远马知道他家人指望我喝下鸡蛋汤，为了不让我为难，又为了让他家人高兴，他出门前常常自己不吃早饭，而是替我把那个汤喝了。刚开始的时候，空着肚子的我还很享受这种美味又有营养的“小吃”。但是在四五天里吃了 24 个蛋之后，我甚至不能再看母鸡一眼。

因为是春节，家里的六个子女，带着自己的配偶和孩子，回到了父母家。我们每天吃三顿正餐：鸡鸭鱼肉和田螺。

和当地所有的食物一样，家里做的面点有点甜。我离开时，应远马的好妈妈在我的行李里装满了自家做的面点。

应远马的家里出生了一个小孩。由此，我得以了解到中国人是如何给孩子取名的。还有其他的一些习俗，例如：一个人站在炉子后面，一点一点地往灶里加稻草，并时不时地从炉边的一个小洞把水倒进去，这样前面的水龙头里就总有热水出来。另外，男人和女人不能一起坐在灶后边，除非他们是夫妻。

在长江以南，屋里是没有暖气的。虽然他们给我安排了最好的房间，我洗澡的时候，盆里的水在我洗完之前就变冷了。早上，我发现我的毛巾在房间里冻得硬邦邦的。睡在里面比睡在外面更糟糕，甚至窗户上也没有纸来御寒，门也关不紧。我通常在六点半醒来，但我还需要一个小时鼓起勇气从床上爬起来。我本可以把衣服放在毯子里捂热，然后再起床，就像我在意大利做的那样，但事实上，我睡觉的时候已经穿着衣服了。

我们参观了一家生产一千多种木制工艺品的工厂。那是一个家族企业，他们待客热情，甚至邀请我们和他们共进晚餐。那天所有的亲戚都来到工厂，因为住在那里的爷爷奶奶为 20 多人准备了一顿丰盛的饭（他们说“家常便饭”，但我数了一下有 18 道菜）。

晚上，妇女们聊天、嗑瓜子，而男人则打牌、抽烟。有时我不得不提醒自己，我是在中国，而不是在意大利，因为我所看到的都与古代意大利的风俗非常相似。

作为一名外国人，能住在一位老村长的家里，我感到非常荣幸。而这位村长正是我学生的父亲。

我在杭州度过了春节假期的最后两天，然后飞回北京，我发现北京的空气非常干燥。真是南北截然不同！我脱下毛衣，打开了所有的窗户。结果，我感冒了。

18 从东南部到西北部

学年结束时，一个女学生听说我想去新疆乌鲁木齐旅游，就安排了我们坐火车出发(72 小时，你能想象吗？)，还让我“秘密地”留在了她的家里。当时很少有旅馆能接待外国客人，即使是旅行社。

一到乌鲁木齐，我就去参观周围的地方，比如一个古老的墓地，那里的尸体被干燥的沙漠保存了下来。我的学生同伴很惊讶，一个外国人居然知道她从未听说过的事情。

旅行途中，我们通常在一家维族餐馆吃午饭，当我吃到意大利面时，我的眼泪夺眶而出。我永远不会忘记那一天。

法国有句话是这样说的：Une image vaut mille mots（一图胜千言，百闻不如一见）。让我们来看看我第一次去新疆的一些照片。

新疆乐器

在路上

在屋内

新疆宝宝

新疆烤全羊

19 显著的改善

一个在中国待了五个月的加拿大人告诉我，她发现当地的店员非常粗鲁，服务也不礼貌。于是，我把十年前的情况告诉了她，同时，我也意识到中国已经取得了很大的进步。

产品的质量，特别是服装和电器的质量，还不完全符合标准。并非所有的东西都完美。不过现在走几步路就会掉鞋底的鞋、不一样长的袜子、解衣服时掉在手里的扣子、脑袋钻不过去的套头衫、第一次试穿就觉得袖子不对劲的衬衫，都少多了。第一次洗就掉色的衣服也少多了。有故障的电器在这个国家已造成好几起事故。商店出售这些电器时，既不负责更换也不维修，也不退货。他们无法向客户解释如何联系制造商，因为“售后服务”是完全未知的东西。如果说海尔公司（仅举一个例子）在中国市场取得了成功，那是因为它懂得如何发展售后服务，达到了主要国际竞争对手的水平。

现在，刚到中国的外国人看不出中国的大型购物中心或超市和世界上的大型购物中心或超市有什么不同。不过，那是他们还没有意识到，在中国商场中，丰富多样的商品种类、构思新颖的展柜方式和充足的库存都是新鲜事物。

最后一列煤车

1993 年，我在辽宁海城看到了最后一列煤车。

各种公共交通也有所改善：有了公交车专用行驶车道，公交线路的数量、车辆频次有所增加，车内清洁、维护得到加强，舒适度有了很大的提升(甚至根据季节配备空调或暖气)。即使有了这些重大改善，票价上涨的幅度却非常小，这一点也颇为惊人。

在列车方面，除了舒适性和质量的提升之外，有几条线路的速度也提高了很多。中国是继德国和日本之后第三个建造磁悬浮列车的国家。现在提前几天就可以在电脑上订票，不用再像以前，必须亲自到火车站售票处排队购票，也许排了几个小时之后听到的只是“票没有了”。所以，现在出行、旅行变得更有吸引力了，即使在紧张的春运期间也是如此。

中国人的住房条件不断改善。人们建造了更大、更舒适的公寓，配备集中供电和供暖，再不像以前每周一天分区停水停电。一些属于工作单位的公寓可以以非常低的价格卖给职工。购房贷款可以从工资里扣除，银行也可以提供抵押贷款。

然而，这时的中国人还没有什么产权观念。他们仍然不知道如何照顾公共区域（属于每个人而又不仅属于任何个人），如楼梯、院子、门厅，所以这些地方的状态迅速恶化，只有每家公寓的内部才保持得很好。

后来，越来越多的公寓可以出租或者卖给有能力支付的外国人和中国人。这个改变过程虽然经历了几年，但还是很快的。既有宽敞豪华、配备宽带的公寓，也有条件相对简陋但价格便宜的公寓。但是即便这些相对便宜的公寓也是挣当地工资的普通外国人负担不起的。这些公寓的绝对价值相当于在曼哈顿、多伦多或巴黎的公寓，甚至更贵。

我记得看到过一张显示中国上、中、下阶层的人数的图表，那曲线看起来像一个漂亮的女人（两头大中间小），而正常的收入曲线应该显示中产阶级是最大的一个。

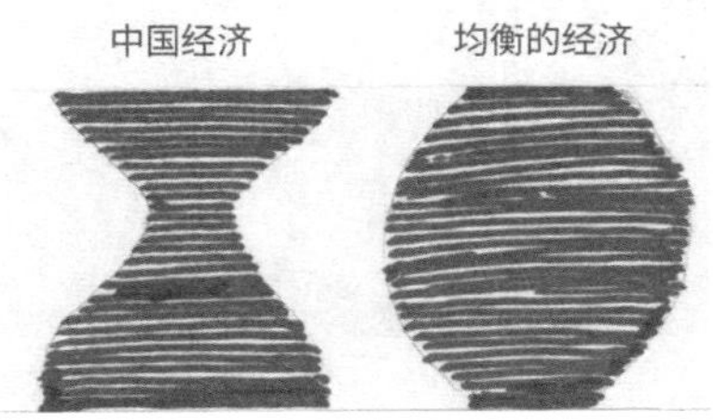

社会结构

20 卫生

自 1991 年以来，我观察到卫生领域的重大成就：肉类、牛奶和鸡蛋可以被冷藏了。餐馆、诊所和医院的工作人员都戴着手套，衣服也比以前干净了。公共厕所也不那么让人讨厌了，现在人们可以在街上、公园、商店、餐馆和博物馆找到公共厕所。至少在城市里，它们达到了国际水平。餐馆的清洁度提升了（包括餐馆的桌子、餐具、杯子、地板和服务员的制服）。在街上和其他公共市场上出售的食物被罩了起来，不至于蒙尘。人们现在也不再把玉米摊到马路上，等待过往的汽车替他们脱粒了。

摊在马路上的食物

我的一些家人每隔两三年来看我一次，对这里的进步印象深刻。

2002 年初，中国消费者主要关注以下十个方面：假冒食品、假冒名牌化妆品、电信服务质量差、移动电话质量及服务问题、公共服务效率低下、住房纠纷、汽车制造缺陷、虚假信息、第三方诈骗和农民税负过重。

这些问题由中国工商总局发布，调查结果来源于消费者权益保护机构的统计分析：受理的投诉案件及全国 20 个大城市数据信息中心提供的数据。

21 牛奶的故事

1989 年，牛奶还是稀缺之物，主要供给老人、儿童和病人。后来外国人也有份，但是给私人公司或者外国政府做事的外国人不在其内。

当时产量比较低，有资格订牛奶的（比如外国专家）早上 6:30 就得去排队领一小袋鲜奶，那是没有经过巴氏杀菌的，每袋 200（或 300？）毫升。牛奶是单位供应给职工的，有时不够人均一份，先到先得，所以最好起早去排队。一般 20 分钟内就发完了。如果隔一天没去领，那么下个月的牛奶票就没了。所以，如果我们要外出，要找人去代领然后喝掉。

后来逐渐地，牛奶产量多起来了。市场上开始有卖的了。起初总是袋装奶，不足一杯。而后出现不同成分和不同价格的奶，比如有加钙的，有吃了不同饲料的奶牛产的，还有进口奶。牛奶可以一袋一袋买，也可以 8 个小袋装一大袋买，一次性买得多的，通常还会外加一小袋白送。也有 16 袋、18 袋一箱的，每袋的含量也不同。产品的细节和价格变化多端，消费者也无从计算买哪样划算。

几年后，我们可以在市场上找到奶粉——非常昂贵，可能是进口的。针对不同的人有不同的配方：有适合运动员的，有适合学龄前儿童的，也有适合老年人的。

我想直到 2018 年，我才看到有牛奶装在一个不透明的方形塑料盒里，新鲜的全脂牛奶，不像我们在加拿大那种（含 1%、2% 或 3.25% 脂肪的）。价格大约是每升 13 元。两三天后，没有卖出去的牛奶价格降至 9.2 元，这个折扣挺有意思，因为两三天后的牛奶质量仍然很好。

22 越来越快！

20 世纪最后十年，中国的发展速度越来越快。就拿全国运输系统来说吧——航空、铁路、公路和高速公路都在发展。

在我的记忆中，90 年代初从北京到杭州坐火车要 24 小时才能到达，从杭州坐长途车往南到仙居需要 10 个小时左右。当超轻型的火车和新铁路在中国成为常态后，行程缩短到最快仅用 4 小时 20 分钟。现在从杭州开车到仙居只要 90 分钟，因为高速公路到处都是。

名为“复兴号”的新型高速列车 97% 的技术是中国自己提供的，大部分的材料产自中国。目前，它正逐步在多条线路上被投入使用，时速可达 350 千米，北京到杭州只需要 4、5 个小时。

复兴号 CR400（图片来源：北京最老的前门火车站改建的铁路历史博物馆）

中国这样一个幅员广大的国家需要一个良好的交通体系。

2006 年 7 月 1 日，北京至拉萨的铁路开始运营，在此之前，从北京到拉萨只能乘坐飞机。

中国仅用了五年时间就完成了这项极其困难的工作。其困难之处在于，一方面，海拔太高；另一方面，途中有超过 550 千米的永久冻土层。2006 年的运行时间是 48 小时，之后下降到 44 小时，现在是 40 小时。这条北京到拉萨的铁路是目前世界上唯一一条穿越冻土地区的铁路。

当地人民协助修建铁路（图片来自北京一个关于西藏自治区的展览）。看到施工中所采取的环保措施，特别是把藏羚羊空运到适于繁殖的环境中，我非常感动。

23 动物的权利

就在几年前，在中国，动物的生存状况还存在一些问题，这也引起了西方的一些活动人士的关注。尽管中国当时更集中致力于消灭贫困，但也出乎意料地实施了动物保护计划，保护老虎和大象，禁止餐馆卖狗肉，提倡收养流浪猫和流浪狗，等等。

为这本书搜集材料时，我才意识到我经常关注宠物的问题。2010年前后我曾写下：中国家庭只能有一个孩子，这就是他们养这么多宠物的原因吗？在我住的小区里，60% 的家庭会养狗。我们楼里有 8 户，

1家有4只狗，一家有5只，其余的每家一只，只有我家不养狗。

在发展规划中，中国根据家庭规模限制养狗的数量。狂犬病疫苗接种费用由2000元降至300元。所有宠物狗要求强制登记。

两只获救的狗

养宠物应该像养孩子一样，要像照顾家庭成员那样照顾它们。宠物需要食物，保健，有时需要医疗，还需要爱。在北京，我的一户邻居在街上捡到了一只被遗弃的狗，由于没有收养站可送，他们决定自己把这只小可怜养起来。第二年，他们又捡到一只，又收养了。两只狗也成了我可爱的朋友！如果你爱动物，它们心里是明白的。

我一直很喜欢动物，人性中的很多方面，动物也有。动物不需要上学，却有着让我们嫉妒的自然本能和技巧。

就说蜜蜂吧，它们的社会结构非常完美：有王后、仆从、奶妈、工人。我从不会故意踩死一只蚂蚁，谁知道它是不是一位正在奔向饥饿的蚁群、去报告食物消息的信使呢？佛教徒每天早晨都要为他们白天不小心杀死的生灵祈祷。

美丽多姿的鸟儿使我们的眼睛感到愉悦，它们还会在树丛中为我们唱歌。经过几年对鸟类的观察，我开始在一个很大的阳台间养了4种鸟，共16只。我能懂得它们的语言。退休以后，我开始长时间旅行，于是把鸟都送给了那些我知道会好好照顾它们的人，而没有把它们放归自然。

鸟，甚至蝴蝶，都知道什么时候迁徙他方过冬。它们也能找到回来的路。我知道有一只成年猫被送给了十千米以外的一户人家，而且是在夜间用车送去的。但是两天后，它自己又回到原来的家，去找它喜欢的小毯子。

在我厨房的窗口，每天早上都有一些麻雀敲打我的窗户讨要每日的米粒。

听说中国各地要禁止动物表演，我对此持有不同看法。这个消息令我感到震惊，也很愤怒。

马戏团的动物和动物园的动物应该得到善待，对此我深表支持。它们应该随时得到充足的食物，住在干净的地方，得到人的尊重和爱护。然而，在一些极端的情况下，一些管理者似乎更注重于矫正，而不是防患于未然，惩治多于教诲。

动物园本来的目的是为了让人们了解大自然的奇妙。一些态度强硬的动物保护活动者，却要剥夺大家在动物园欣赏野生动物的乐趣。一次，动物园里有一只长颈鹿因意外吞食塑料袋而死亡；在北京，曾有一个虐待狂在大热天把汽油倒进熊的嘴里；一个男孩因为越过动物园的栏杆，而被老虎咬掉了一只胳膊。每次一出现这样的极端事件，动物保护主义者便发出抗议，呼吁关闭动物园。

动物园饲养动物的费用确实不菲，而马戏团则不然。马戏团的动物靠劳动养活自己，而且养活主人一家。那些驯兽师有的几代人只和动物打交道。取缔马戏团，对他们来说意味着什么？他们将在哪里谋生？他们孩子的学费从何而来？他们不可能马上返回就业市场。取缔他们的营生，就等于取缔了老老实实的公民过像样的生活的权利。

马戏团动物的精彩表演让观众眼界大开，叹为观止，这难道不也是大自然的奇妙吗？

这个禁令意在消灭虐待动物的现象，但是，《中国日报》上的一篇文章（2010 年 11 月 23 日）提到的危险表演，仅仅是“老虎钻火圈”或者“狗熊耍火棒”。汽车也出事故，难道我们要禁止汽车吗？家用电器也会引起火灾，难道要禁止使用吗？消防员的工作很危险，难道我们要把他们都解雇吗？最近亚运会上，一匹马跌倒，摔断脖子而死，难道我们就因此取消赛马吗？

有些动物在训练中可能挨过打，这种事情显然发生过。但是家长和老师也打过孩子。为什么不把学校也禁止了？或者干脆釜底抽薪——禁止生孩子好了。

动物保护主义者们要消灭虐待动物的现象，这谁能反对呢？但是马戏团的动物，诸如猴子、狮子、狗熊、狗、鸭子等，在全国实际上有成千上万，它们不可能被“回收”。野生动物一旦被驯化，就不可能放归山林。像狗这样的家庭动物，可以被养在主人家里，但是如果主人不久即将失业，他们的动物也就失去了表演的权利。这些人家赖以为生的收入将从何而来？动物园的动物数量是有定额的，不能购买过多的动物。如果此项禁令得以实施，那些动物将被遗弃，不然就是被杀掉。

这项禁令是我在中国听到的最为荒唐的事情之一。与其禁止动物表演，不如派人调查虐待动物的人和驯兽师，并处以罚款乃至监禁。这将给一些无业的人工作机会，而不是增加失业人口。

表演类动物喜欢它们的主人和公众，也喜欢掌声和欢呼声。它们知道自己表演得很好，乐于骄傲地领取一条鱼或者一块饼干作为回报。

我真诚地希望政府能及时改变立场。如果这个禁令不能全面收回，至少应该加以修改。这样，也许那些聪明可爱的动物们就有机会生存，而公众也有机会去欣赏它们。我不希望我们这个世纪被一个历史污点所玷污。

圣雄甘地就曾经说：“一个社会是否伟大，道德是否进步，只要看其如何对待动物就可以知道了。”

24 言论自由与文化开放

就我个人而言，我从未体验过缺乏言论自由的痛苦。（也许我知道我该走多远？）2001 年，我和其他“友谊奖”得主访问《中国日报》时，曾问主编：哪里有审查制度，谁做审查？他回答说：“女士，记者知道他们能走多远。”我永远不会忘记他说的话。

1993 年 12 月 26 日，全中国纪念毛泽东的诞辰日。虽然毛泽东有其不完美之处，也犯过错误，但他仍然是一个不平凡的人物。

好了，我就不多说了。我的引述是为了表明，中国是赞赏外国人提意见的。我曾在北京外文出版社出版我的书，社长是中国人。我认为我写的东西有很多超出了会被接受的范围，也就是说，是可以删掉的。但整本书中只有两个细节没有被接受。主编告诉了我原因，他的意见绝对正确，我接受了。

中国对外开放的一个结果是，中国的文化因庆祝情人节、愚人节、万圣节而“变色”。20 世纪末，一个 12 月 24 日的晚上，酒店里挤满了顾客，里面有 90%是中国人。结果，这些庆祝活动最终被政府禁止。随后，完全属于中国风俗的烟花燃放也被禁止，但这是出于生态保护的原因。[1]

如果这些禁令旨在拯救中国文化，为什么不禁止麦当劳、肯德基、必胜客、唐恩都乐、达美乐比萨呢？为什么让纯粹的中国企业用英文名称注册？这是不是有什么不合逻辑的地方？

---

[1] 2020 年，我在中国网发表了一篇关于中国端午的文章。我认识的一些中国人相信，粽子在加拿大很出名，蒙特利尔也庆祝中国的节日。让我来解释一下，即使是华裔加拿大人，似乎也忘记了这个传统和其他的传统，或者仅仅把它们抛在了脑后。

四

树挪死，人挪活（1993—1999）

25 去央视，我会后悔吗？

读者可能会问，为什么我放弃了我如此热爱的教书生涯？事实上，不是我放弃了教书，而是教书放弃了我。外籍教师在大学任教两年后，必须离开，这是规定。当时我申请了六所大学，并收到了三份邀请：一份来自吉林大学；一份来自四川——让我教意大利语，学生是一些将要去意大利汽车厂工作的成年人；还有一份来自兰州——细节我已经记不清了。一天下午，我的部门主管还没有把信交给我，就对我表示祝贺。我一看，信封的胶水还是新抹的……

我的一个学生毕业后，被中央电视台录用了。她的法语非常好，电视台打算继英语频道之后开设法语频道。她的领导问她是否认识一位外国专家可以帮忙，她就打电话找我。由于她的坚持，我答应和那位领导见面。那是 4 月，他想要我“现在就来上班”！我说我怎么也得坚持到 7 月，履行完我跟目前大学签的合同才来。

与此同时，我尽量避免听天由命。因为我从来没有担任过教书以外的职务，也许这是个天赐良机？不得不在各种选择之间做决定让我很痛苦。我甚至用投币的方式帮我思考，我想，如果五次里三次是正面，我就去央视。结果我掷出了五个正面。我又掷了一次，结果一样，我停下了。一枚 5 分硬币改变了我的生活。命运终于发话了。

最后，我让自己的脑袋说话，积极的论点占了上风：（1）我可以留在北京；（2）我会体验一些新的东西；（3）我会发现中国的另一面。我曾经在很多事上举棋不定，但是……我永远不会后悔去了央视。

我搬到新的地方，发现住房完全不同于在大学。我们住在友谊宾馆，那里只有几个单位的外国专家住，没有中国人。每个外国专家都有自己的公寓，我们的世界是国际化的。英语总是这里最常用的语言。

虽然我在那里有几个好朋友，但那不是中国人的生活，我自己想办法尽可能地接近中国的环境。当然，我犯过很多错误（文化和语言），但我从中学到了很多。一方面，我的主要任务是审阅、修改中国同事做的《中国报道》的译文。这些节目是关于中国各地的节日、美食、

有时候，当个老外也挺赚的：如果你知道怎么和中国人说话，你可以受到一些照顾。比如在蜡像馆和邓小平合影，门卫会睁一只眼闭一只眼……

传统和艺术的。我修改这些材料的法语文本时，也记下了自己以后想去参观的地方。只要周末有空儿，我就会坐火车去！

一些不同语言和工作单位的外国专家经常被邀请到全国各地去参观展览或观摩一个特殊事件，然后回来为我们的广播、电视和杂志写报道。我的工作给了我很多这样的机会。为制作节目进行的这些访问，给我留下了非常宝贵的经验。它们不仅可以让我长知识、开眼界，还可以为我在中国、加拿大和意大利的报纸上写文章提供素材。

我在休息日里也会去转转大北京的一些地方。“独自一人吗？”同事们很担心我，“你会被骗，让我陪你吧！”“是的，我是一个人去。这是学习汉语最好的方法！”我只会几个中文词，但我可以打手势（而且练习得很好），而且，总的来说，我不害怕犯错。如果我有陪同，我就会依靠别人而什么也学不到。

26 讨价还价，多么有趣！

离开大学到电视台以后，我有了更多的空闲时间，我喜欢探索这个城市。独自在中国的外国人有时会感到孤独。但我有一些东西可以弥补，那就是去逛通常位于二楼的、被称为珍珠市场或红桥市场的古董市场。

我一般先问“多少钱”，然后不管开价多少，我都带着厌恶的表情说“太贵”，然后就是做出离开的样子。这时候，小贩们立刻请我出价，对此我已经习惯了。我自豪地称赞自己：我成了北京最棒的砍价人！

我的中国朋友们从来都不相信我买东西那么便宜。在这几年里，我陪着他们买衣服、鞋子和任何东西，当价格低到可以接受的时候，我会告诉他们“ok”。之前他们总是准备接受卖主第一次开的价，或者接受自己还价后，卖主的第二次开价。对我来说，那还是太贵了！

在中国住了 30 年，“谈生意”仍然是我喜欢的游戏，而且是我最好的回忆。有一次，在北京的潘家园旧货市场，我想买一个青铜的佛手。我先去了市场附近的小店看看，随便进去几家，只看有青铜器的。一个男的跟着我，用英语跟我说话。我只是笑笑，把中文留作我最后的王牌。

在一个店里，老板娘有一件有趣的东西，不过我也想看看别的店，就说了声“再见”。她打开门放我出去。那个男人问她：“她想买什么？”我抢在老板娘前头用中文说：“我已经买了。谢谢你的关心。”他明白了我不是头一回来，他不可能在我身上赚到拉客的回扣。

在小贩摆地摊的地方，我只用眼睛搜寻佛手。卖东西的盯着我的眼睛，可是看不出来我要买什么。我一言不发，免得他们把各种佛像都拿给我看。

“那个女的要买什么？”我听见他们互相问。在潘家园我听到过上百次“看一看啦”，可是从来没有像在别的市场那样，被小贩拉住或者勾住肩膀非要让我看他的东西。身体接触，并不是中国文化的特点，但是有些中国人可能以为西方人喜欢被触摸。

走到第四排摊位，我在一个茶壶前边停下来。这种茶壶我的收藏里没有，可是我心里一个小小的声音说："你家里已经没有地方放更多的茶壶了！"看出了我的兴趣所在，跟在我后面的小贩都把茶壶拿给我看。

我继续慢慢往前走，眼睛搜寻着佛手。这时候我看见一双制作精美的筷子，这也是我会收藏的物品。这时候我决定开口，但是我不想把我的底牌都亮出来。我猜那筷子是象牙的，问："你这种骨筷怎么卖？"那个人犹豫了一下，伸出三个手指头。"三百？"我问。"三千！"他说，"这是象牙的！""对不起，我买不起这么贵的东西。"我说着把筷子放回去了。那个小贩不肯轻易放过我，他问我愿意付多少钱。我说我不想买了。实际上，我认为买古玩没有标准的价格，只有主观的价值，那就是收藏家觉得能给他带来快乐的东西值得他付多少钱。所谓"花钱买乐意"是也。

继续转过两排摊位后，那个卖筷子的又来到我旁边，问我愿意付多少钱。我不想理他，可是他继续纠缠，到了烦人的地步。为了打发他，我就说："两百。"听到这个，他一脸鬼笑，仍然不肯罢手！走了几步后他又问我。我说我已经回答你的问题了。"你能不能多给点？"我装没听见。"好吧，两百就两百。"他说。

现在，他把价格降到我出的价了，我就应该买。这是市场的规矩。如果你没想买，绝对不要还价。可是实际上，那个小贩并不是在公平交易。我对他说："你从三千一下子降到两百，我怎么能相信你？现在我知道你的筷子是骨头的，不是象牙的。对不起。如果你一开始要价四百的话就不一样了。你从一开始就想占顾客的便宜，结果是搬起石头砸自己的脚。"

事情并没有过去。我看了所有的商品，就是没看见我想买的佛手。我正要离开，另外一个人拿着一双筷子出现了。"这是我的。不是那个人的。"实际上，这第二个人的筷子连骨头的都不是，是塑料的。

27 “正宗的”假货

我从来不在意时尚和名牌。我是什么舒服方便就穿什么。几十年前，我 10 岁的意大利外甥，让我从加拿大去意大利的时候给他带一条牛仔裤。看到我给他带的牛仔裤的时候，他大叫说那不是李维斯牌子的。“李维斯是什么？”我天真地问道。后来，我去中国的时候，我的四川朋友让我给她女儿带牛仔裤。我问：“你是要李维斯的吗？”“不是。我要贝纳通的。”她说。

住在中国，我逐渐认识到了名牌对某些人的影响。有一次，我需要拖鞋，就随便买了一双。有很多人，特别是外国人，对我说：“哇！你穿这个啊？你真有钱！”我不知道 150 元一双，但显然是假名牌的拖鞋，对有钱人意味着什么。我以前从来没听说过那个牌子：暇步士。

回加拿大探亲的时候，我跟家人说起中国的假冒名牌产品。我跟他们说，我决不会买冒牌货。作为一个作家，我不会容忍自己的书被人盗版。如果我买假货，我会认为自己是个贼。我的外孙女芙洛伦丝说：“那你的钱包呢？”“我的钱包怎么了？”我问道。“那是伊夫圣罗兰牌的。你敢说你是按真货的价钱买的吗？”“你怎么会认为我买了伊夫圣罗兰牌子？我买的时候看的就是大小、颜色和价格。”她拿起钱包，把上面一个三厘米的伊夫圣罗兰金属标牌指给我看。可是，信不信由你，我此前从未发现这个标牌！

当红桥市场还销售假冒手表时（哼！），我碰巧需要一块手表，就去了那里，因为那里可选的手表很多。我说我需要买块表，只是看时间而已。可是他们没有中国的牌子，有的都是卡地亚、西铁城、精工、劳力士什么的。最后，我没办法，只好买了一块古驰牌的。不过，我从 168 元还价到 20 元。14 年过去了，这块表还照走不误。

一次，在中关村一家商店里，有一些年轻的摊贩看见我的表，问我多少钱买的。我开玩笑说：“两万。”本来以为他们会笑我，可是他们却充满羡慕地“啊”了一声。我把表摘下来让他们看，他们却越看越相信那是真的。“我想卖掉。我戴烦了。两千块要不要？”“两千块也太贵啊。”他们说。然后我学着中国小贩的口气说：“你们说给多少吧。”

没有人敢回应。“给我两百，这表就是你们的了。”我最后说。终于有一个人问道：“这是假的吗？”

两年前，我有一个亲戚为了某种特殊的原因要买一块不贵的手表，要求表带是塑料的，蓝色的。“女孩子戴的。”她说，“本地产的，不要名牌。”红桥市场卖各种儿童手表，小贩拿给我的都是各种假名牌，我一一拒绝了。正要离开的时候，我看见一块有蓝色塑料表带的。“Diesel”（迪塞尔牌），好奇怪的手表牌子，那不是油箱里的柴油吗？我想。

交易很顺利，我出价35元买下了这块表。后来发现，我还是太天真了。

至于光碟，我从来不买盗版的。我的意思是，不故意买盗版的。我都是从商店里买，花15元，而不是花5元。同时，为了不让我的同事们去买盗版的，我建立了一个借看制度，把看过的光碟借给同事们。《中国日报》有一次报道说，警察查封了一些DVD商店。看到后我觉得很沮丧，打击面太大了吧。我给《中国日报》写信建议说：请发表一篇文章说说如何区别真假光盘。但是，到现在我也没见到这方面的信息。

讨价还价很长时间以来都是我最喜欢的一项活动！

28 使命的期待

我不觉得自己是一个有宗教信仰的人，但我相信，命运就在我们前进路上的某个地方（如果你愿意，可以称之为上帝）。从1993年起，我资助了几个地方贫困家庭的孩子，让他（她）们上小学。“九年制教育”当时在中国还不是义务教育，一些来自贫困家庭的孩子因为学费问题而无法上学。

1994年，中央电视台邀请我和我的英语同事在即将到来的假期进行为期10天的旅行。当时，外国人很难到西藏旅游，即使是独自旅行的中国人也不例外。我建议中央电视台组织一次去西藏的访问。

台领导很惊讶，但过了几天他终于给了我们一个答复——他们将带我和我的美国同事去拉萨，并由中央电视台的一位代表陪同。当时是8月份，拉萨将举行庆祝布达拉宫修葺完工的活动——这是一项得到中央政府资助的巨大工程。

在12天的行程中，我们主要参观了拉萨和日喀则。在日喀则地区，有一个市和17个县。一天，我和同事去看一个货摊——一个普通的两张桌子拼成的摊子，而别的人则站在车旁，在阴凉处聊天、抽烟。事情就发生在这里。

那里有两个女摊贩，其中一个我想有30多岁。我看她的商品的时候，对着她可爱的小女孩笑了笑。这时候，母亲把小女孩（轻轻地）推向我，做了个手势，意思是"把她抱起来，把她抱起来"。那个黑眼睛、黑头发的孩子穿着白裙子，挺招人喜欢的。她对我笑了笑。这位母亲一直做手势、说话，她的同事用不太流利的中文解释说："把她带走，我把她送给你！你不用付钱！"

我以为这就是个玩笑，我觉得开得差不多了，就挥了挥手，准备离开。司机不耐烦地直按喇叭，但那位母亲坚持要我带她的女儿走。我简直不敢相信！"她多大了？"我问。"十岁。"她用手比划着回答，然后马上又说道，"她太大了吗？如果你愿意的话，我有更小的孩子，还有男孩。"

我是不是在做梦？这个女人从未结过婚，却跟三个不同的男人生了三个孩子——孩子们的爸爸都是四川的过路商人。她靠微薄的收入无法养活四口人。她坚持要我把那个小女孩带走。

我让她说下去，以便给自己时间思考。怎么办呢？这个女孩真的很温柔、很善良，她看起来很健康，也很聪明。但是，就算我给她妈妈一万元，她会送她去上学吗？

把孩子带回北京，送她去学校，在国家的官方语言环境中学习，以后再把她送回西藏为她的人民服务，这算得上是一个梦寐以求的事。但是，并不现实。我怎么能在10分钟内作出这样的决定？司机正等得越来越不耐烦。我的女同事根本不会说中文，问我发生了什么事。那个藏族女人说，如果我不能要这个孩子，"她"可以带走，但我告诉那位母亲，我的同事已经有四个孩子了。（事实上，她有三个。）

前面的路很长，太阳快要落山了。我打断了这个谈话，向这对母女道了别，回到车上。然而，我永远不会忘记那个孩子。她的形象一直留在我的脑海里，我后悔自己竟然没有想到拍一张照片。

6 个月后，也就是 1995 年 1 月，我在北京举办了第一次画展，并把画展所得全部收入捐给了“希望工程”，让更多贫困地区的孩子上学。事实上，所有的收入都是利润，因为展览是由中央电视台赞助的。然后，我去了北京的“希望工程”办公室，要求他们分给我一个十岁的藏族女孩来接受资助，当时我想着，如果老天有眼，或许那个微笑的白衣女孩会再次来到我身边。“希望工程”说他们会给我一个答复。

不到一周后，他们打电话告诉我，“希望工程”在全国各地都有，就是西藏没有。一开始，我很震惊。工作人员解释说：“因为在西藏，上学是完全免费的：学费、书费、住宿费、伙食费都由各级政府支付。如果孩子不上学，并不是因为他们没钱上学。”“希望工程”在西藏开办了几所学校，但那里的孩子不像全国其他地方那样得到直接的经济援助。西藏的一切都是免费的，这是对西藏过去的贫苦生活的一种特殊补偿。

我一方面感到失望，另一方面又松了一口气……后来，我继续通过“希望工程”帮助其他孩子：三名内蒙古的，一名宁夏的，其他的来自中国最贫困的贵州、云南、甘肃，共有十二个男孩和两个女孩，直到几年后小学免费为止。日喀则的女孩永远萦绕在我的脑海里。我经常想象她一年年长大，终于，在 2005 年，当她应当满 21 岁的时候，我决定用帮助其他藏族孩子的方式象征性地实现我帮助这个女孩的心愿。

29 再见！中央电视台

我跟随中央电视台去过中国的至少二十个地方。虽然是为了工作，但我也进一步了解了各地的情况，从事了一些写作工作，我对中国的文化也因此有了更深、更广的体验。有些地方我去过好几次——因为工作或个人兴趣，比如浙江杭州，云南，还有宁夏回族自治区。

后来有了新规定：外国专家在中国工作的时间不得超过五年。原因是：他们对中国人、中国文化、中国语言太熟悉了，就变得太中国化了，也可以说，他们的外国人的特点消失了，他们作为“外国”专家的效用也消失了。在没有被告知的情况下，央视和政府进行了协商，坚持让我再干一年。法语节目可能会撤销，而我的主任罗先生也不愿意仅仅为了一年的工作再培训新的外国专家。但我做完第六年的时候，别无选择，只能离开。

但是，1999 年，就在我离开的同一天，他们把我介绍给了外文局。通过了一个翻译和校对修改的考试以后，我马上就被录用了。

五

生活又开新篇章

（1999—2007）

30 天上掉下及时雨

我成为了外文局《北京周报》法语版的一位外国专家。有一段时间，我也为《中国与非洲》工作。有的时候同时做两份刊物，有的时候是分开做的。这些杂志以几种语言出版。通过杂志的内容，我对中国有了更多的了解，我去了很多地方，写了几十篇文章，并和很多人建立了友谊。

我每月为《今日中国》写一篇人物专访，一共写了 72 篇。采访的对象都是老百姓。这些采访后来汇编成了一本书，书名是《中国千面》（*Mille facettes de la Chine*，2006 年出版）。我采访的对象中有收垃圾的环卫工人，双目失明的按摩师，一个变性青年，一个保安人员，一个非法卖驴肉的妇女，一个有六个子女的苗族老奶奶。他们在我的书里都是明星一样的人物，并且为此感到脸上有光。我为能送给他们这样一份礼物感到很自豪。

那本书中的各色人物，组成了 20 世纪中国的一种面貌。书中涉及的话题有：平凡人有历史吗？为生命而战、在工作中找到快乐、在艺术上大展宏图、远离家乡，等等。

我随意地翻开书页，翻到“千里姻缘一网牵”这个故事。当时我问住在南京的潘恒她是如何认识来自北京的谢峰的。以下是她的故事。

良　缘

我认识谢峰时，他还是一名美术系的学生。他为各种报纸和杂志画漫画，画了八年了。当时他已经和潘恒结婚了。潘恒说：“我和父母住在南京。我们过去常读《北京青年报》。我喜欢谢峰的漫画。2000 年 8 月的一天，我决定给他写封信，告诉他我很喜欢他的作品。出于礼貌，我叫他‘谢师傅’，我不知道他的年龄，甚至不知道他是男是女。不过，因为我就是作为读者给他写信的，并没有别的意思，怎么称呼他就无所谓了。”谢峰收到信后，只是很客气地回信谢了她。

但是，他们保持了电子邮件往来，后来则换用 ICQ 聊天，只是，谢峰打字很慢……他们打起了电话，终于，约了见面。开始并非一见钟情，但今天，他们仍然互相厮守。

我还住在友谊宾馆。为《北京周报》工作时，我不仅润色同事的翻译，而且尽了最大的努力，每周为这个刊物的网络版写一篇随笔。那时候网络已开始进入我们的生活，并以难以置信的速度发展着。

31 你是说互联网吗？

我从加拿大来中国的时候，带来了我的 Mac 笔记本电脑，但它在北京没有服务。我不得不自己解决我的问题。后来，别的同事有了电脑后，我成了他们的“技术员”。我还记得从什么时候起，个人电脑成了中国人春节会送的礼物。但是，没有互联网，计算机只是一个拥有更多功能的书写机器而已。

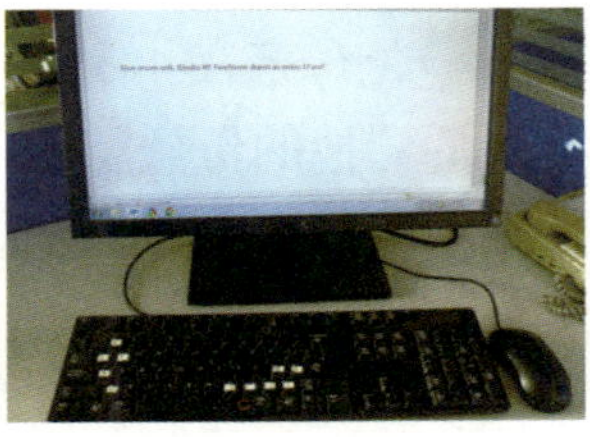
老电脑

大约是在 2017 年吧，我又去《北京周报》时，发现我以前留在那里的电脑 20 年后还用得好好的！

计算机改变了我们的工作方式，也改变了我们的思维方式。早期，它只是作为一种性能更好的打字机使用。中国第一次上网，是在 1994 年 5 月 17 日，当时高能物理所与斯坦福直线加速器中心建立了连接。但这离中国普遍使用互联网还很远。如果我没记错的话，在 20 世纪 90 年代中期前后，互联网还只能在商业、教育和一些选定的部委使用。在这些办公室里，我们每个部门都有一台联网的电脑，但每个部门只有一个人（中国人或外国人）被获准使用它，而且这个人需要提前签订一份文件：声明不会用互联网从事反政府活动、不道德的活动，以及不会泄露公众人物的隐私。

20 世纪末，有些家庭已经把新年红包换成了电脑，虽然离广泛使用互联网还差得很远。

32 红包：快乐的源泉还是不和睦的种子？

无人不晓的红包本应是一个喜庆的话题，但它却在家庭中引发了越来越多的矛盾和争吵。为什么？因为，一方面，孩子们年复一年地得到越来越多的钱；另一方面，他们已经变得越来越自主和自由，行事越发自作主张。过去孩子们习惯于把收到的钱马上交给父母，有时甚至连红包都不打开。现在，他们要求自己把钱留着，想用就用。

一位母亲在 4 岁儿子的枕头里发现了 700 元，这个孩子是先把礼物中的“他的份额”留下后，才把剩余的部分交给父母。一个 13 岁的小女孩拒绝把她的红包交给她的母亲，她说，除非母亲把去年从她那里“偷去”的钱还给她，她才会把今年的钱“借给”母亲。另一个十几岁的女孩说，她需要这笔钱请朋友们去餐馆吃饭，别人都那样做，她不请的话就会被人瞧不起。有些父母不敢在孩子的坚决而倔强的态度面前坚持自己的立场，因为他们害怕被人说自己对孩子太刻薄，甚至是虐待孩子。

红包里的钱越来越多，反映了中国人生活水平的提高。但是，其他的因素也与此有关。有些夫妇只在春节时才能见到家人，而另一些则把送红包当成一种不可推卸的责任，用红包来向一年中帮助过他们的主管、同事、邻居和朋友表示感谢，或者讨好一下他们将来用得着的人。一个家庭中人口的多少也必须考虑：春节期间，如果七八个兄弟姐妹都到父母家来，每一对夫妇都有一个孩子，收到红包的钱，肯定比不过一个有好几个叔叔婶婶、但却只有一两个小孩子的家庭。

有一个 20 岁的男孩，收到了近 2000 元的红包，由于他刚被偏远省份的一所大学录取，他第一次把所有的钱都留了下来。在这之前，他会心甘情愿地把钱交给母亲。再有一个 9 岁的小女孩，从她的祖母、叔叔和姑姑那里收到了 600 元，她的父母让她留着那笔钱。然而，她当时并不需要花这些钱，因为她生活中的一切需求都有父母提供。因此，她把这些钱放在了她的抽屉里，等到 10 岁，她将拥有自己的银行账户。还有一个 5 岁的孩子，共收到 3800 元，但他太小了，不懂这意味着什么，他的妈妈便为他开了一个单独的账户，把钱存起来。另外一个 8 岁的男孩，收到了 3400 元，其中 3000 元存到了银行里，剩下的 400 元，父母说他愿意买什么就买什么。他的选择是：一双旱冰鞋！

这些例子涉及的差不多是同一代的父母。我们可以看到，每个家庭都有自己的方式，对子女这方面的教育也是各村有各村的高招。我个人认为，让孩子尽早学会如何管钱是很重要的。他必须知道钱不是毛毛雨，不会自己从天上掉下来，而是需要有一定的付出才能得到的。父母以孩子一无所知为借口替他管钱，就像怕他被鱼刺卡住喉咙而不让他吃鱼一样。最好的办法，是教他怎样摆平存钱和用钱的关系，存得明白，用得开心。个人银行账户对孩子来说，是一种可贵的教育手段。父母可以盯着孩子的户头，保证其不被滥用，但是并不需要插手干预孩子怎么管理。此外，管理一个银行账户可以让孩子对金融知识（存款、取款、定期存款、利率）有个基本的了解，在这方面的亲子合作，只会加深父母和孩子之间的信任。

33 在中国做手术

那时，我每年都要做一次巴氏涂片检查或 CTC（循环肿瘤细胞检查）。2003 年 8 月，他们发现我有子宫息肉。肿瘤！虽然息肉很少癌变，但医生坚持要我做活检。他们这样建议是因为我是外国人吗？他们想在我身上赚钱吗？我同意切除肿瘤。做了心电图和简单的验血之后，一，二，哐当！就把我放在手术台上了。如果这是在蒙特利尔的话，我会面临一个漫长的过程。中国医院的处理速度如此之快，令我吃惊。（消极的一面是，这次手术很久之后，我在家里整理我的医院文件，发现心电图报告是另一个姓“李”的 60 岁的男人……）

第二天是手术。当我在走廊的带轮子的床上准备就绪时，一个护士来找我，让我在一份 3 至 4 页的手术文件上签字。我无法阅读全部文件，就用英语告诉她，我对怎么麻醉有一些要求。她说：“那你要么签字，要么回家。”我想稍后我可以和外科医生谈谈，于是我就签了名。医生已经叫来了他所有的学生观看手术！谁说得准呢，没准老外跟中国人不一样呢？他开始了手术，但遇到了一些困难，和我之前做过的手术有关系。我疼得受不了，要求用些药。他们没有做任何测试，没有询问药物过敏的问题，也没有要我签字，就给我做了全身麻醉。半小时后我醒来，他们告诉我手术失败了。但还是有希望的，他们补充道。我可以去看妇科主治医生，她会有解决办法的。

我离开了。那时候，在中国，任何看过医生的人都知道，病人的一切都是公开的：你能看到、听到病人身体的秘密，并且可以和其他病人分享。更有甚者，在我前头，妇科医生给 12 个女人做过检查，除了体内检查时戴了手套外，其他检查都没戴手套。轮到我的时候，我尽量避免让她碰我，因为我的情况在我的档案中有解释，但她坚持要检查。我大胆地建议：“我可以请你去洗手吗？”她没有生气，只是用了冷水，但没有用肥皂或消毒剂。她说他们没有！

然后她接了个电话，我让她再洗一遍手，戴上两只手套。

她给我开了两粒药，让我去欧洲旅行期间服用，并说她会在 10 月 11 日再见我。我永远不会忘记她没有洗的手。

在回中国的飞机上，我偶然遇到了一位从德国参加医学会议回来的人民医院的医生。我们谈到了国外和中国的医学和医院，以及我自己即将进行的手术。我无法不提到那个妇科大夫的手，我告诉他我可不愿意再见到那个医生。

他建议我去人民医院试试，并为我预约了妇科。

在我预约的那天下午 5 点，所有的员工都换了衣服，一个接一个地离开了。但王医生继续接待病人，好像一天还没有结束。门开着，我能看到他工作的情景，耐心，微笑，善良。他从来没有看手表，也没有说该回家了。下午六点半轮到我了。

新的超声检查显示我有个肿瘤，但无法判断是良性还是恶性。王医生安排了 11 月 7 日再进行宫腔镜检查。

那个星期一的一天和星期二的半天，我完成了手术的准备过程：胸部 X 光、心脏检查、十几次验血、CTC、量血压、量体温、询问过敏史，问了一系列关于我的家族和我自己就医史的问题。我还签署了一份允许医院进行手术的免责书，但是我拒绝签署同意他们给我输血的免责书。说来奇怪：我在加拿大捐过 80 次血，在中国捐过 22 次，而现在轮到我了，我却害怕接受别人的血。

他们给我提供了单人的 VIP 房间，虽然很贵，但很值得。周三上午 10 点，他们来接我。我一点也不紧张。我观察过那里的工作人员，他们总是很认真，很有耐心，我相信他们会给我最好的照顾。在手术前后，我观察他们给我看病时的态度是否比给中国人看病时好，高兴地发现他们对所有人都很负责，很友善。

在麻醉师解释了麻醉的风险和后果后，我不得不选择局部麻醉或全身麻醉。

两个小时后，他们把我送回房间。每过一个小时左右，护士就来量一次体温和脉搏，药瓶也会及时更换。最后，我终于在周末出院了。手术发现我“没有癌症”，这正是我想听到的。

我在手术前已经预付了 5000 元（必须的），还因为我要求一个特定的外科医生，额外支付了 500 元。我出院的时候，他们递给我一份 4 页的账单明细，要求我再付更多的钱。暖气一天 9 元，换床单一天 24 元。一级的护士来过两次（9 元 / 次），二级的护士来过三次（7 元 / 次）。每颗药丸，每根针，甚至给手术室消毒（90 元）的费用都由我出。

那时我明白为什么中国人要等到最后一刻才去看医生了：看病太贵了，而且很大一部分人没有保险。作为一个在中国的外国人，这也是我的情况。难怪医疗是中国人的“四大难”之一。我的手术很简单，但算上浪费在第一家医院的钱，我花了六个星期的工资。

通过那次经历，我对中国的医疗体系有了更多的了解。为什么有好医院和差医院？为什么会有充满奉献精神的人激发信心和希望，也会有不合格的人？后来，我再次需要治疗的时候，我总是能在北京中医院和浙江省的桐庐人民医院找到良好的服务。

34 非典

2003 年春季，非典暴发的时候，我还住在友谊宾馆，当时，这场疫情造成了数千人死亡，更多人受到惊吓，全球经济和旅游计划被打乱。

我们外国专家被问到是否想要被送回家。我不想。我们被关在家里，每隔几天，中国同事就会来取走已经完成的稿子，然后把新的交给我们。

我太担心了！每天我都会给我在加拿大的家人发电子邮件，把来自全国各地的统计数据告诉他们。此外，通过互联网我可以找到世界上关于“随地吐痰”的信息，我为《北京青年报》写了一系列文章，试图说服中国人改掉这个让人不快的老习惯，这种习惯助长了病毒的传播。

我记得 20 世纪 80 年代，在中国东南部的公共场所看到过熊猫形的瓷制垃圾桶，旁边还有配套的瓷痰盂。后来，他们告诉我，痰盂被移走了，因为外国游客看到它们感到恶心。但这个随地吐痰的习惯仍然根深蒂固。

怎么办呢？ 解决办法在于教育。如果人们能亲眼看到他们在地上或灌木丛中吐唾沫时传播了多少细菌，可能就会三思而后行。但愿他们能在显微镜下看到“这个东西”——数十亿微生物在里面移动……一些电视节目或卡通教育片可能会对此有所帮助。展览上的图表、例子和生动的图像，可以让人们认识到吐痰的危害和给社会带来的不便。干的痰比湿的更危险，因为扫帚或风可以传播一个每天随地吐痰的人所吐出的数十亿细菌。

在西方，根除随地吐痰的习惯用了很长时间和很多精力。如果西方人能够改掉这个习惯，为什么中国人不能呢？中国人和其他人没有什么不同。由于人们往往只有在惩罚的威胁下才会行动，所以，有关随地吐痰的教育应该有严厉的法规来配合。

首先，应该让政府认识到，消灭这个不礼貌的、令人恶心的习惯非常重要。其次，不仅要设立罚款制度，还需要有人来执法。让警察来做吗？为什么不呢，因为可以规定：随地吐痰违反了民法。第三，由于警力不足，监管的权力应该下放给更多的人。如果在每个餐馆、公共汽车、商店、办公室、酒店、公园、街道和社区，都有一个委员会有权对随地吐痰行为积极地实施监管，那就会有效果。也许普通公民不能被赋予对其他公民罚款的权力，但是他们可以采取其他方式。我这里提一些建议：比如，他们可以给吐痰的人一些纸，命令他们把弄脏的地方打扫干净。他们可以记录下来看到的随地吐痰的行为，提交给有关当局，如果是重犯，就可以处以罚款或其他处罚。最后，可以给违规者拍照并把其照片公开发布或刊登在报纸上。

虽然现在这个话题“不值得”占据这么大的篇幅，但在2003年，《北京青年报》的中外读者对下面这篇文章曾大加赞赏，很久以后还要求我提供副本。

“先生们，请吐在角落里！”（老杜插图）
在伽利玛（Gallimard）出版社于1879年出版的儒勒·瓦莱斯（Jules Vallès）的小说《孩子》（*L'enfant*）中，两个少年正在参观博物馆。温特拉斯毫无感情地凝视着希腊和罗马的杰作。虽然他的拉丁语很好，但他向同学透露，他打算弃文从工。他的同伴马图桑说：“我呸！你这是自己糟践自己！”身穿绿色制服的守卫指着一堆麸皮，一本正经地说：“先生们，如果你们想呸，请到角落里去呸。”

西方吐痰史

在中国生活了12年，我想我应该习惯了人们在大街上吐痰，但我没有。这里的大多数西方人也不习惯。现在，随地吐痰在我去过的其他国家已经消失了，但从历史上看，情况有所不同。例如，在加拿大，我小的时候，我看到有人在户外公共场所随地吐痰，或者在家里的痰盂里吐痰。随地吐痰大多与吸烟有关，两者都被女性谴责为坏习惯。事实上，我还保留了一件那个年代的纪念品：一个深绿色的玻璃的六角形痰盂，现在我用它当一个独特的花盆。过去，痰盂放在厨房甚至客厅的摇椅旁的地板上，供吸烟或咀嚼烟草的老年人使用。每当我看到痰盂，我就为那些每天都要清洗它的可怜的家庭主妇感到难过。我还记得，学校的男孩子们在开始偷偷吸烟的年龄也开始吐痰，而这只是为了显示他们是多么成熟，多么“彪悍”。但家庭和学校通常能够教育他们认识到吐痰是错误的，所以在大多数情况下，他们会改掉这种毛病。

1882年，德国生物学家罗伯特·科克(Robert Kock)发现了结核杆菌后，随地吐痰的习惯就成了公共卫生当局的打击目标。由于唾液是感染的主要媒介之一，而结核杆菌可以在唾液中存活一整天，因此一些国家立法禁止随地吐痰。禁止这种行为的标志张贴在商店、剧院、酒馆、公园等地。妇女被告知不要在城里穿长裙，因为拖地裙可能会被唾沫弄脏，并带来肺结核。在世界各地，公告牌和报纸上都有警告：“为了我们的孩子，不要随地吐痰！”“男士们，你们看着办！随地吐痰会传播疾病，而妇女不随地吐痰！”（当然，在中国男女都吐痰）“当心没心没肺的吐痰者！”

在欧洲中世纪，人们可以把痰吐到桌子底下，但不能吐到桌子对面。站着的时候，可以吐到地上，然后用脚把痰擦掉。

但早在15世纪，一位匿名的法国作家就谴责这是“不雅行为”。随地吐痰的习惯已经分别于1530年和1558年被两位作家斥责为“肮脏”的行为。他们一个是伟大的荷兰人文主义者伊拉斯谟（Erasmus），一个是意大利礼仪作家乔瓦尼·德拉·卡萨（Giovanni Della Casa）。两人都认为这种行为是粗鲁和不文明的。

在农民和无产阶级中间吐痰似乎更容易被接受。在19世纪的工厂、医院候诊室和理发店，随地吐痰是被容忍的。“你想让他们往哪儿吐？”口袋里吗？这是他们的态度；但如果佣人、电车员工和店员在公共场合随地吐痰，则会立即被解雇。

有些人只有在不遵守规定就会被罚款的情况下才会注意自己的行为。1886年，法国卫生委员会发布了第一个禁止随地吐痰的公共法令，紧接着在1896年，纽约市也发布了一个强有力的法令。到1916年，美国213个城市中有195个制定了规则。但是，如果执行不严，民众觉得无所谓，这些规定就没有效果。一般来说，很少有人因在公共场所随地吐痰而被捕；警察不会为“如此轻微的违法行为”而费心去罚款。于是，一些诉诸于随地吐痰者的心理的标牌开始出现，例如：“如果你在家里随地吐痰，那你也可以在这里吐”或“如果你是绅士，你不会随地吐痰，如果你不是绅士，则禁止你随地吐痰”。然而，在英国，到了20世纪30年代中期，随地吐痰仍很普遍。与美国和几个欧洲国家不同（在19世纪的大部分时间里，随地吐痰甚至在白宫内也非常普遍），英国的反结核病运动人士未能达到将随地吐痰定为违法行为的目的。

所以，你看，西方国家也有吐痰的历史，他们花了很长时间和努力才根除随地吐痰。如果西方人能够放弃自己的坏习惯，为什么中国人不能呢？

毫无疑问，在公共场所吐痰确实会影响外国游客对中国人的看法。甚至在一个网站（www.wayan.net/exp/china/spit.htm）上，可以找到一位游客写的日记，他对中国的回忆就是随地吐痰。在哈佛大学，有一个很大的标志写着："请不要随地吐痰；不乱丢垃圾。"而这仅仅是用中文发布的！

我不是来嘲笑中国人的。我在这里生活了十二年，我深深地爱着这个国家和这里的人民。但是我多么希望吐痰能在一夜之间消失！有一件事是肯定的：它最好在奥运会前从北京永远消失。

（曾发表于《北京青年报》，2003 年 7 月 27 日、8 月 3 日）

35 终到青海

2003 年，我终于抽出时间和一位来自加拿大的朋友去了中国的青海省[2]。我们首先在一个撒拉族的村庄和其他村庄转了一圈，最后到了热贡（汉语叫同仁），那时候我又饿又绝望，因为我在街上找不到一个说普通话的人。在我将要哭出来的时候，一个牌子救了我，牌子是英文的：茶馆。

同仁地区是一个多民族聚居的地区，那里的极度贫困让我震惊。这种情形在我的心里播下了一粒种子，并随着时间的流逝慢慢生长。后来，我常常去那里，遇到过很多善良的人，他们给我留下了深刻的印象：有藏族的、汉族的和其他信奉穆斯林的民族的。

我还记得，刚到循化撒拉族自治县时，一个疯子冲过来对我用力地推推搡搡，我倒在泥土里，但是没有受伤。我不能怨他，因为他有精神病。我摔倒后，几个人过来帮助我。一个撒拉族妇女请我到她家休息了一下。然后，她带我去了一家饭馆，给我买了一碗只有穆斯林才会做的手擀面。一个肉店师傅从他的店里目睹了事情的经过后，跑过来问长问短，说如果需要的话，他可以陪我去医院。

在西宁，我需要一张地图，但是不知道去哪里买。我向一个过路的藏族人打听。他能讲一点当地的汉语方言，可是我不会。他拉着我的袖子，陪着我走了很远的路才找到一家新华书店。他在那里一直等我买到我需要的东西后才走。

在同仁县，我走了一天后，感觉很累。我找不到会说普通话的人，更别提会说意大利语、法语或者英语的了。最后，我看到一个牌子，上面写着“茶馆”，能够坐进去歇歇真好！没想到的是，我还和那里的老板结成了好朋友。他是一个藏族在校大学生，只在放暑假时回家帮嫂子一起照料茶馆的生意。我们边喝酥油茶边聊天。虽然他讲的汉话口音很重，我们还是聊了两个钟头。我走的时候，他非要送给我一大袋青稞（大麦面）和一大块奶油，让我回北京后可以在家里自己做酥油茶。出于礼貌，我们彼此留了电话号码。

后来，就是我前面提过的，我遇到了张军，他不但是一个熟练的司机，也是一个热心工作和为人诚恳的人。他不是那种财迷心窍的人，却热心为顾客提供服务。他带我去看的地方，比如山里的瀑布什么的，我自己根本不可能发现。还有他带我去看的十世班禅喇嘛的故居，也令我印象深刻。我离开的那天早上，他免费来旅馆接我，直到我上对了汽车才离开车站。

还有一次，有一个蒙古族妇女让我住在她在西宁的公寓里。当时她人在北京，她给邻居打电话，让她们把钥匙交给我。我们才认识不久，她竟然这么相信我！我真的被感动了。

我第三次去西宁的时候，一个在市场上卖羊毛护膝的人认出了我，说我上次付了三副护膝的钱而只拿了两副。他没有说错，可是我没想到他这次果真会免费给我一副，因为上次是我自己的问题，而不是他的责任。

有一年，我去了我资助的一个藏族大学生的家里，跟她的家人一起过藏历新年。她家里共有五口人，都管我叫“阿尼”，藏语就是“阿姨”的意思。我离开的前一天晚上，这个学生的妈妈给我准备了一大块面包让我带着。走的时候，女儿和爸爸从村里把我送到同仁县的汽车站，而且等到我找到汽车后才走。那天是大年初三，也真难为他们了。

后来，我去民和县看望我资助的另外一个女孩。当时她还没有上大学。她住的民和县，是一个回族土族自治县，但是他们村里住的都是汉族人。每个家庭成员都对我礼貌有加，和善可亲。几个小时内他们就给我准备了丰盛的三餐，有猪肉、鸡肉、牛肉和鱼。我离开的时候，他们的一个亲戚主动开了一个小时的车把我送到汽车站，后来干脆把我送到西宁，没有要我一分钱。

不过，最近发生的一件事让我最难忘。在尖扎到平安的长途车上，我把座位让给了一个带小孩的妇女。为了站稳，我把我的笔记本、手套和一幅唐卡放在车里的行李架上。可是我下车的时候却忘了拿笔记本。笔记本里有我几次采访的笔记、联系电话、西宁旅馆的资料，还有回京航班的资料。我简直绝望了。

第二天，我到西宁以后，马上去长途车站寻找。一个保安说：“如果你不记得车牌号，几乎没有希望能找到那辆车。”因为一辆长途车跑的班次是不固定的。他很同情我的遭遇，把我介绍给了魏素霞，一个非常好的人。有的时候，作为老外也有点优势……

“没关系。”她说，“你的笔记本 48 小时之内就会回到这里。”可是，我第二天就得离开啊！。

魏素霞打了许多电话，终于帮我联系到当天那辆长途车的司机马健雄和售票员赵二沙，她耐心地向对方解释了事情的经过。不巧，那天这两位回民师傅都不当班。魏素霞告诉他们，这个笔记本对我非常重要。马师傅和赵师傅两个都是好心人，决定开回西宁将这个宝贵的笔记本给我送回来。四次青海之行，这是最让我感动的一件事。

---

[2] 中国有 34 个省级行政单位：23 个省、4 个直辖市（北京、天津、上海、重庆）、5 个自治区（广西、内蒙古、西藏、宁夏、新疆）和 2 个特别行政区（香港、澳门）。

36 命运会来找你

我在青海同仁也见过非常贫穷的藏族人。日喀则女孩的身影从未离开过我的脑海。我经常想象她在 12 岁、15 岁的时候，以及她 21 岁的时候是什么样子。我可能再也见不到她，也听不到她的消息，但在 2005 年，我决定投入到资助藏族女孩的事业中去，也算是象征性地帮助了那个日喀则女孩。

我又一次求助于“希望工程”。我告诉他们 1994 年发生的事情，问他们是否可以帮我找到一个已经通过了大学入学考试，但因为经济原因无法继续学习的 21 岁的藏族女孩。他们与西藏方面“希望工程”的管理机构进行了沟通，并说我将在一周内得到答复。我祈求好运。仅仅过了三天，他们就打电话让我回他们办公室去。他们收到了几份传真发过来的学生资料。

我选中了她，一个 21 岁的藏族女孩。她在一封手写的信中描述了自己的家庭状况：年迈的父母健康有问题，一个姐姐和一个妹妹都是文盲。她被拉萨藏医学院录取，因为她是个很有才华的学生。她希望能找到赞助者。她已经学习了一年半而没有交学费，我不知道这种债务带来的压力她还能忍受多久。她给我写信的日期是 2005 年 3 月 14 日。材料里还有她的村长和老师们的信，和一张她的一英寸黑白照片的传真件，她叫格玛永初。由于我自己不会读中文，所有的文件都是他们大声地念给我听的。最后，读信的人问道 ：“你接受她吗？ 还是想让我们再找一个女孩？”“为什么要找别人呢？当然，我接受她！”我高兴地说。“你知道，学医可是要五年呢……” 他们警告我。事实上，我更喜欢帮助在医学或教育领域的学生，因为医生和教师直接与人打交道，我觉得这比从事文案工作或物质产品的生产更令我满意。格玛永初的简历似乎是专门为我设计的。

几天后，拉萨医学院的一位老师打电话给我，商量学费的事。我马上付清了第二年的学费。过了一会儿，对方问我是否可以付掉这个学生第一年的债务。这个我也欣然从命了。

这个老师打电话给我时，格玛永初也在办公室里。老师问我是否想和学生谈谈。我很兴奋，我希望我能听懂她的中文。我习惯了北京口音而且是面对面和人说话。不过，她汉语说得很好，只有轻微的口音。我们没有多说，因为她很紧张，而我很激动。我为她准备的所有的好话都哽咽在喉咙里了。

我们开始通信，她给我寄了一张她穿着藏族传统服装的照片。虽然她的字写得很清楚，但我的中文很差，我只能说中文，不能读汉字。我问她是否可以给我发电子邮件，这样我就可以把她的信息输入到自动翻译应用程序里，那样我至少能大致理解她的意思。我给她的第一封短信是我办公室的同事打出来的，但我不能麻烦人家一辈子吧！没过多久，我就决定独自尝试，写一些简单的句子。我经常为自己拼写错误而道歉，而格玛永初对我总是非常耐心，充满理解。我很感谢格玛永初让我的中文进步如此之快。

很快，我们从手写信件转为电子邮件。在拉萨大学，格玛永初不能上网， 她得去城里的网吧给我发电子邮件。从她的电子邮件可以看出，她是一个很聪明的孩子，总能领悟我的意思，总能回答我所有的问题，并能使用简单的中文与我沟通。她叫我老师，我很快就开始叫她“女儿”。

格玛永初

由于格玛永初正在自学英语，她偶尔会在电子邮件中使用一些英语，比如“I hope you have a good time!”（我希望你过得好！）或“Best wish for you!”（给你最好的祝愿！）或者“I diligently study English, hoping one day I can use English to correspond with you.”（我在努力学习英语，希望有一天我能用英语和你通信。）

我们的相互了解逐渐加深，彼此交换了照片。她的第一张是在拉萨读书时候照的。我们谈到了我们的家庭，我的旅行和我的工作，她的童年和她的学习，加拿大和北京。她爸爸在她上大学时向银行借了5000元钱，毕业后马上就要还款。在五年的学习时间里，她脆弱的肩膀上本来是要压上这笔债务重担的。

她提到，因为她的妈妈还活着，她不能叫我“妈妈”，她和她的家人开始叫我“干妈”。在2005年5月12日的信中，她真诚地表达了自己的感激之情：

“因为您答应支付我的学费，您又一次点亮了我那盏熄灭了的未来之灯，让我的父母脸上再次浮现笑容。因为您慷慨的爱，我们全家现在都重获信心。现在我可以把我的精力投入到我的学习中，珍惜这个宝贵的机会。您不但给了我希望，而且让我能够独立。我会加倍努力，用优异的成绩回报您。您救了这棵枯萎的小草，您的爱将陪伴我走完大学的路。”

37 初访格玛永初家

早在2005年7月，我就提出我可以和她的家人一起过春节。她既高兴又兴奋。我的来访意味着她要回家了。她已经好几年没有回去了，缺钱。我们安排了我们的见面地点：她要在拉萨和德钦藏族自治县之间坐四天的巴士和卡车，而我则从北京飞到昆明，在昆湖饭店住一晚上，第二天早上6点到机场，坐50分钟的飞机去香格里拉（以前的中甸）。2006年的春节是1月29日，这是春节比较早的日子之一。12月，我开始预订房间。在春节前后的40天旅行期间，价格一直居高不下。我在格玛永初的账户里存了一些钱，但她没能买到机票，因为学生票已经卖完了。因此，她不得不在拉萨和德钦藏族自治县之间坐了四天的公交车和卡车——尽管这个可怜的女孩有晕车的毛病。作为一个学生，她比我更喜欢放长假，而且她先行到家了。我在春节前一天到达德钦。她又从家回到德钦来接我。我的长途旅行中最轻松的部分到此为止了。

格玛永初此前给我写信说："从机场乘出租车到汽车站，赶第一班公共汽车到德钦。"出租车司机不使用计价器，而是统一收费 20 元。要么这样，要么别坐。到汽车站我才发现，已经没有开往德钦的公共汽车了。因为距离春节只剩三天时间，司机们为这个重要的节日已经回家了，公交服务暂停。我只能使用私车。两个女人和一个孩子跟我去同一个方向，我们每人付了吉普车司机 50 元。路程是 198 千米。至少这里的风景和天气都还很好，司机也很友善。

路上我们停了一下，看了看一座木头建筑的学校。因为放假，学校已经关门了。这个学校只有一间教室，我们可以透过粗糙的木板之间的空隙看到里面。屋顶中间高起，两边一直坡到地面上。这是针对该地区强风的预防措施，强风很容易掀掉屋顶。

学校

正如我在《我的藏族女儿》一书中描写的那样，30 个小时的旅行和后来发生的几件事之后，我们下了吉普车，看到一个年轻人的脸上露出最幸福的笑容。加措从早上 9 点就开始等，现在已经是下午了。他给我带了一匹马，让我骑着走完最后 3 千米。这匹马虽小，但并不年轻。事实上，马个子太小了，格玛永初和加措不得不背着我的小行李箱和包包。

没有马鞍，只有一块厚羊毛毯，下面是马镫。"我该抓哪儿？"我问。"你想抓吗？呵呵……抓住毯子就好了，一只手在前面，一只手在后面。"当我试着把我的脚放在马镫里时，他们都笑了。"把脚跟放进去。"他们告诉我。我非常害怕，向老天祈祷别摔着。

我们上坡下坡的时候，我的向导教我如何向后或向前倾斜。我们还得走 3 千米。在一些地方，厚厚的灰尘覆盖了道路，其他地方则都是石头，有时还得踩在干枯的树根上走。巨大的石头看起来像阶梯。我担心这匹马——虽然矮小但不年轻——会滑倒或绊跌，但它是一匹很有经验的好马，清楚自己的责任。它小心地在石阶上屈膝踩稳，然后顺溜地站起来。每一次我都庆幸自己又一次逃脱了死亡。但是有些地方太陡了，我不得不下来让马爬上去。这条路窄得只够马走，我的同伴们必须排成纵队，一个走在马前面，一个在马后面。这陡峭的斜坡大部分有45度。一边是几乎垂直的山崖，另一边是无底悬崖。我宁愿直视前方。

骑马

到家以后，我就经历了一场欢迎仪式（这是我从中央电视台了解到的）。全村的人都来迎接我，并带来了鸡蛋和面包作为礼物。我被邀请穿上节日的服装，格玛永初给了我一份她特别为我做的珍贵礼物。

珍贵的礼物

格玛永初高中毕业后，从云南中甸直接前往拉萨上学，已经两年多没有见过家人了。她带着许多彩色招贴画作为新年礼物回到家里时，她父母的第一反应是说她瘦了很多。后来我问她吃得好不好，她只是羞涩地笑笑。在我的坚持下，她解释说四五个学生经常一起吃饭，轮流买一道菜分享。可怜的女孩！我寄给她的钱，还有她的姐姐——家里唯一有收入的人——提供的补贴，都还不够。

第二天，格玛永初给她父亲理了发，为一家人做饭。我坚持要成为“家庭的一部分”，她妈妈把她的皮夹克给了我让我修补。

在拉萨，格玛永初观察了冬季用塑料膜覆盖土壤和植物的农业技术。她一到家，就向父亲展示如何用竹子和她买的塑料布建造小型的大棚。到 2 月 10 日，我们已经可以吃到自家种的小白菜了，邻居们都很吃惊，纷纷来看这个奇迹。我为我的女儿感到骄傲，她从观察和经验中学习到了这些知识！我告诉她：“你看，他们以后都会采用这种技术。你为你的村庄做了很多事情！”

在格玛永初家

2010年，格玛永初结婚的时候，我又回到了德钦县燕门乡赤尼村下社。后来这个地区我又去过三次。我所观察到的家庭、村庄和地区的变化是值得一读的，这是中国如何因教育而发展和现代化的完美例子。幸运的是，读者可以在五洲传播出版社出版的《我的藏族女儿》一书中读到更多内容。

2月10号的菜地

全村人都来参加的婚礼

和孩子们制作雪人

我在 2010 年旧地重游。当地的孩子以前从未见过雪。我向他们展示如何用雪制作人和动物。做完后，他们觉得他们的“造物”会感到寒冷，于是他们回到屋里，让雪人和雪动物享受壁炉的温暖。我让他们体验了一种我们本以为任何人都知道的自然现象。

六

新世界，新生活——北京奥运会（2008）

38 北京和奥运会

在中国第二次申请奥运会的举办权时，北京赢了。2001年7月13日，北京被宣布为获胜者，这是中国一个重要的发展，哪怕不说是最重要的。在20世纪末，我曾是外国翻译团队的一员，做过这种申请文件。申请的过程是这样的：前主办国向下一个国家提供有关文件准备的经验。申请必须用官方语言完成，即法语和英语，以及申请城市的语言（按顺序）。

7月13日，我在蒙特利尔看望母亲，这时我听到了“Le gagnant est: BEIJING”(北京赢得主办权)时，我高兴而自豪地流出了眼泪。对于已经成为“我的”城市的北京来说，这一个突破的开始，更不用说是一场革命了。

北京的共享单车

2008年北京奥运会对中国和任何举办奥运会的国家来说都是一个转折点。随着这件盛事的到来，中国人放弃了以自我为中心的思想，向世界敞开了大门。对外国人的礼貌和文明行为又回来了。在旅馆、道路、公共交通方面，首都的发展速度是前所未有的。

1989年，我在北京的大街上见过驴拉车。我也见证了城市的发展：从自行车到豪华轿车，从俄罗斯风格的淡黄色和红色的市内公交到现在的23条地铁，其中包括19条捷运线路，两条机场线、一条磁悬浮线路和一条轻轨线，总共405个车站。甚至出租用的自行车也更新了三四代。

交通是关键。北京地铁的一段大面积扩建工程已在奥运会开幕前及时完工，整个工程将于2020年完工。

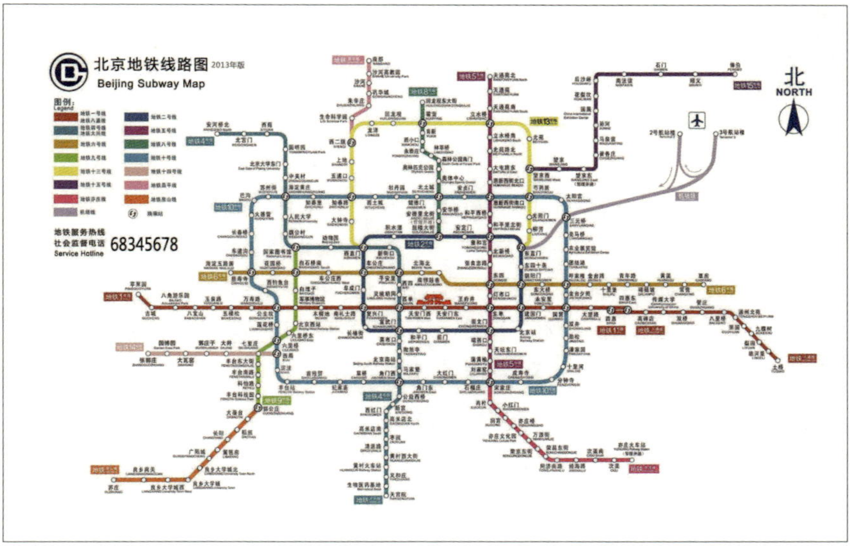

北京地铁线路

自从北京宣布主办 2008 年奥运会以来，各种各样的项目都受到了热烈欢迎。为奥运会设立的委员会之一是奥林匹克语言团队，我是其中的一员。我们有大约 20 名成员，有资深的中国语言学家和记者，每种主要语言都有一名外国专家。我们的任务是检查每一个标志，每一个可能被媒体使用的、作为主题句或者作为口号使用的短语，并确保它没有任何歧义。这份名单将提供给记者，让他们在报道时不出错。

例如，我记得一个中国同事建议把“Pour un monde meilleur!”作为一个口号。我不得不指出，在法语中，这可能被理解成“去往极乐世界”，也就是意味着“死亡”！母语为法语的人听到这个词语时，会不可避免地把它和死亡联系起来（呵呵）。所以，我们做了修改[3]。

接下来的几年彻底改变了首都——当然，也加速了整个国家的现代化。

[3] 此句法语，英文就是 for a better world，但是这里的 for，既可以理解为“为了”，也可以理解为“去往”，所以作者才建议不要使用。——译者

39 轮到北京了

1994 年，我和成千上万的北京人一样，度过了一个不眠之夜，等待国际奥委会宣布 2000 年奥运会主办城市的选择。尽管悉尼赢了北京，我感觉被出卖了，但我意识到，由于中国首都将再次申办，中国获得的比失去的多。为了赢得奥运主办权，北京需要加快发展。否则，要实现投标期的改进和现代化还需要 5 年或 10 年的时间。事实上，北京市民将比预期更快地享受到一种更加现代和舒适的生活方式。

后来，当北京申办 2008 年奥运会时，国家和西方媒体都认为，与七年前相比，中国首都拥有更大的机会举办奥运会。这次竞标的准备要充分得多，早先失去的两张选票将不会再溜走。

此后，这座城市变得认不出来了。加强了基础设施改造和环境整治，加强了卫星城建设。大力发展电信、交通、商业、金融、旅游、房地产和信息行业。有时我觉得公寓楼和办公楼似乎一夜之间就平地而起了。

重大的建设工程使旧城焕然一新。例如，王府井商业街被改造成步行广场，照明更好了，有电子音乐喷泉，改造了 200 家店铺，其中包括亚洲最大的购物中心东方广场。其他成就还包括北京图书中心、国际金融街（中国华尔街）、通往长城的八达岭高速公路和首都国际机场。

像我一样，在北京生活了二三十年的人回顾这些变化会觉得很有趣。我在 2001 年 6 月的《北京周报》上偶然发现了一篇我写过的文章：《为什么北京应该举办 2008 年奥运会》。重读这篇文章让我们回想起过去令人激动的七年，并向我们展示了这座城市取得的迅速进步。其中一些目标甚至已经超越，而其他一些目标，如解决语言障碍，还有待完全实现。

为什么北京应该举办 2008 年奥运会

1. 改善了自然环境。北京焕然一新，变得绿意盎然，空气更加清新。1998 年和 1999 年，北京市政府发布了 69 项紧急措施，以减少煤炭和燃料的排放，这种排放是首都空气污染的主要原因。据报道，已有数千辆汽车报废，或安装了无污染发动机。经过一年的努力，空气质量有了显著改善。蓝天又回来了，市民们呼吸的时候就能感觉到不同。

2. 电信。不久以前还不为人知的互联网，现在已经无处不在，用户数量每六个月就翻一番。固定电话和移动电话的情况也是一样。在奥运会期间，媒体将拥有所有最现代的技术，把他们的报道传送到全世界。

3. 交通。北京有五条环路。9400 辆公交车每年运送旅客超过 50 亿人次。新的地铁线路已经完工并与现有路线相连，更多的线路正在建设中。五年内，70% 的当地家庭计划购买自己的汽车。

4. 国际活动。北京每年都举办重大活动，如 1995 年第四届世界妇女大会、2000 年中非合作会议、600 人的“加拿大队”的来访以及亚运会等体育赛事。北京既有举办体育赛事的经验，也有必要的设施。

5. 英语。越来越多的出租车司机和其他公职人员正在学习英语，并渴望与外国顾客练习他们新的语言技能。他们说，他们希望为 2008 年的奥运会做好准备。语言障碍一直是外国游客的主要障碍。到比赛开始时，这个障碍应该基本上被消除了。

6. 绿色北京。我很久以前就意识到，与我去过的世界上其他大城市相比，北京是多么绿。北京的植被覆盖率将达到 40%，为每个居民提供平均 10 平方米的绿地。“不让一厘米土地裸露”不仅仅是一句口号。

7. 水。城市内外的30条河流和26个湖泊以及紫禁城周围的护城河在2000年被清理干净。现在的排水系统由清澈的水和绿色的堤岸组成。鸭子和天鹅已经回来了。

8. 历史遗产。在当前的城市建设中，中国已经出台了保护城市历史遗产的法律。规划者必须遵守法规，以保护历史悠久的街道和房屋。受保护的地区占北京老城区的37%。北京还有4550条胡同。那些已经被选择和翻新的都足以保护建筑遗产并为游客提供乐趣。和罗马一样，北京也在新旧建筑之间营造和谐。奥运会期间的游客可能只能走马观花看一下，但很多人肯定还会当回头客。

9. 奥林匹克精神。民众的支持是申办成功的必要条件，而在北京，民众对申奥的支持几乎是毫无保留的。对于发达国家来说，举办奥运会意味着巨大的花费和微薄的利润，但对于一个发展中国家，这是一个进步的机会。巴黎和多伦多也在申办2008年奥运会，但我的法国和加拿大朋友，像我一样，支持北京申奥。

奥运会在任何地方举办都影响着当地的文明程度。中国孩子已经开始了解其他国家，了解体育、语言和文化。他们将继续开放视野，带领家人，成为世界公民。世界将增进对中国的了解，了解真正的中国，一个现代文明、尊重人类、蕴含着五千年历史智慧的中国。“中国”已经成为人们谈论的话题，奥运会将是中国全面实现对外开放的最佳时机。

北京已经充分准备好了。北京已经为2008年奥运会做好了准备。祝新北京举办一届伟大的奥运会！

40 我的公交大课堂

我在中国幸福生活（这也是我一本书的名字《在中国幸福地生活》）的三个秘密之一是乘坐公交。20 多年来，我乘公交所学到的东西令人难以置信。我把中国人的智慧和西方人的“胆量”结合到一起，使自己成了一个乘车老手。

上星期，我乘坐了一辆巴士。乘客排的队比车还长。售票员是一个女青年，很关心自己的乘客。她劝告乘客们：“别挤别挤，请帮一下抱孩子的那个人。”她站在第一排位子前面，要把它留给一个老人或者孕妇。

我绕过她，心安理得地坐下来。后来，上来一个男的，将近六十岁的样子。售票员转过身来，对那个老者说您坐在“这里”，可是看见我已经坐在那里了，她的两个眼睛变成了两个问号。或许是因为我的意大利祖先的基因让我的容貌显得年轻？我马上澄清说：“我也是老人。”

在中国这个不少地方都拥挤不堪的国家，乘公交车得需要点“技巧”。每天乘车都如同探险，这跟在加拿大或者美国不同。

我住在樱花园，是一个首都机场附近的小区。这个小区几千户人家都依靠开往东直门地铁站的 935 路公交车。

最近，为了缩短人们直接去市区的时间，加了一趟快车，只停几个站。乘客排两队等车。对有的人来说，乘坐慢车和快车没什么区别，所以快车来的时候，有些排在慢车队的人就换到快车队来。反过来也是一样。这样做并不冒犯他人，因为大家都排队了。

为了得到一个宝贵的座位，有的乘客往回走一站乘车，这同样也并不冒犯别人。

我习惯不了的是，总是有很多人根本不排队。

我的邻居最近变文明了：他们学会了排队这个词。哦，但是这可并不包括另外的百分之七十。有些人的包里似乎背着铁块，因为公共汽车一到来，就像磁铁一样把他们吸引着涌过去。他们也许在排队，也许刚刚赶到，但一看到公交车，他们就开始向前蠕动，一点一点地，或者跟大家一起向车门靠近。

其他还在排队的人就会抱怨，或者批评那些做错事的人。奇妙的是，一半的人听到别人抱怨会回到自己原来排的地方。

昨天，正当汽车进站的时候，有两名四十来岁的妇女来到车站。她们跑起来，跑到排队等车的三十多人前头。有些人表示不满，开始斥责她们。可中国人一般不会去冒犯一个陌生人，那两个厚脸皮的人自顾自说说笑笑，对人们的批评充耳不闻。她们抢在前头上了车。后边的人嘟嘟囔囔地指责她们“素质太低”。售票员目睹了一切，却没有干预。

最后有三四个人没有占到座位，我是其中之一。我觉得很冤。虽然在我自己的文化中，对别人的行为品头论足是不礼貌的，但我还是鼓起勇气，直接走到那两个女人前面，用颤抖但是和气的声音说：“你们没有排队，对吧？那么请让我坐下，还有这位老人。”全车的人都等着看这场戏怎么收场，那两个女人无言以对，站了起来。

如果你以为她们觉得脸红，那你就太宽厚了。就像中国俗语说的，他们的脸比城墙还厚。

41 提供就业和尊重

我记得以前，中国火车上的员工会在旅行结束时收集所有的垃圾，比如包装纸、瓶子、果皮等，然后从窗户扔出去。当然，许多乘客都是这样做的，而且不仅仅是在到达目的地前的最后几千米。有时我敢于向他们表达我的不同意见，他们回答说铁路沿线有工人收拾垃圾；按照他们的逻辑，乘客就是提供就业的人！

随着岁月的流逝，我们可以看到越来越多的人使用街头的垃圾桶。但还是有不少的人走过时，会把垃圾扔到离腹中空空的垃圾箱两三步远的地方。

一些年轻人或老妇人为了谋生，用一把小铲子和很大的耐心把自己武装起来，把一些人留在地上或贴在墙上的纸条除掉。我也为他们感到难过。

人行道刚铺好或者人行天桥的橡胶涂层更新后不久，一些污点就开始出现，而且污点的数量增加得很快。不幸的是，不仅有些人会随地吐痰，还有些人经常把口香糖从嘴里吐出来而不在乎它们落到何处。

举几个例子：在云南省昆明市，工人每年要清理600多万团口香糖垃圾，而这还仅仅是在该市的2500辆公交车上！

这项本可以避免的工程花费了市政府700万元(885,179美元)。此外，尽管大力清除，还是不可能彻底恢复被污染地方的干净原貌。这笔钱乘上中国大城市的数量，是一笔可观的开支。如果可以用于慈善事业，那该能做多少好事啊！相反，如此多的钱被浪费是因为人们缺乏公民责任感。

河南省会郑州，8000名城市环卫工人中，大多数人月薪只有500元(63.27美元)。做早白班的必须在凌晨3点起床，干到中午12:30；做下午班的从12:30干到19:00。

最近，一些环卫工人因其卓越的服务而受到表彰；每人得到一台洗衣机和一年内每月30元的补贴。他们还被组织到福建厦门旅游。尽管如此，他们还是不满意。“工资低点不要紧，”他们说，“我们需要的是公众的一点尊重。”

刘凤艳说出了他们想说的话：“恼人的是人们不尊重我们的努力。有时我们刚刚打扫完街道，街道上又已经满是垃圾，有时当我们斗胆要求他们保持街道清洁时，他们甚至会侮辱我们。”

去年在深圳，我花了半天的时间观察广场上的人。我很欣慰看到母亲给自己的孩子明智的建议，看到一个小女孩把她扔在垃圾桶外边的纸捡起来放进去，看见一个小男孩向他爸爸要纸擦干净他弄在椅子上的冰淇淋。我认为这是我在中国看到的比较干净的城市。如果这种模式能在全国普及，那么我们就可以说人们有“公民责任感”了。

“他们也需要工作嘛！”（老杜插图）

按照北京2008年奥运会的精神，将在公园和街道上安装垃圾桶，并训练人们使用它们！

人们的精神、心态、观点——

总之，构成文化的一切因素——都经历了加速的更新和深刻而持久的变化。这种变化没有回头路了。奥运会之后，中国将永远不会和以前一样。

我看到了中国的工作时间从每周48小时减少到40小时，从每周6天减少到5天；食品生产工业化了；医疗保险从“试点”的村庄扩展到全国；住房越来越体面；电力和安全的饮用水覆盖了全国，等等。有些人不理解我为什么在没有义务的情况下留在中国，我经常对他们说：“因为中国在发展，而且是迅速地发展，这鼓励我待下去！”

我给《中国日报》《电视导报》和《北京青年报》写过几十封信，讲述我对中国社会、教育、习惯、交通、物质主义、随地吐痰现象的看法，并提出了改善的建议。例如：

我并不反对午饭后小睡一会儿：这是一个健康的习惯。邮局、银行、诊所等在午餐时间都关门。但是对于一个从早上8点到下午5点一周工作5天的人来说，如果他不在午餐时间去买火车票或电影票，那他什么时候可以去呢？首都医院午餐时间也不看病了，甚至周末也不开门。在一些建筑里，电梯由特定的人操作，中午没有服务。图书馆和游泳池也是如此。

我认为，如果公共服务部门的员工轮流吃午餐，那将是一件好事。许多国家都有这样的制度，大多数人似乎都很满意。有些员工可以11:00休息，有些11:30休息，有些12:00休息。这样，人们就可以在不剥夺公职人员休息权利的前提下享受不间断的服务。没有必要雇佣更多的员工。

（《北京青年报》，1996年1月9日）

我的一封写给《中国日报》的信被评为当年“外国人最佳文章”。写“进步”让我更加意识到我在这个社会中有一个“位置”，当你在一个国家，能够以一己之力促使社会改变，那不是你居住的最好的地方吗？

在阴凉处睡午觉的工人

我记得有一次我和一个法国游客路过故宫，午饭时间，她说：“在北京也有无家可归的人……”我甚至没有注意到，在温度超过 38 摄氏度的时候，这些工人午饭后正在墙边的阴凉处睡午觉。

但我不能否认有一些 NFAs（无固定地址的人）。世界上任何地方都有这种人，城市越大，就越多。在北京，他们大多待在地下过街通道，这里是开放的和公共的地方。

灰尘和噪声

露天垃圾场

进步和改变从来都没有起点，但一个申办并获得奥运会主办权的城市，必将加倍前进。我想，从 2006 年开始，整个北京城都严格管理建筑工地的灰尘和噪声，禁止露天倾倒垃圾和废物，随后全国各地也如此效仿了。北京重现蓝天迎接奥运，造福了居民。

北京重现蓝天

42 一个新的现实：生活压力

直到 20 世纪末，大多数会说英语或法语的中国人还不知道在汉语中该如何表达“压力”或“心理压力”。长期以来，工作都是由国家分配的，是终身的，工资有保障（考虑到当时的福利待遇，虽然低，但已经足够了）。得到这些并不需要努力工作，那人们何必卖力气干活呢？虽然顾客在柜台前不耐烦地等待，店员们却在小声地聊天。他们宁愿回答“没有”，也不愿把顾客要看的货物拿出来。没有竞争，没有挑战。不管月底的销售额是多少，店员的工作是永远不变的，工资也会一直持续下去。所有的企业都属于国家，工人没有销售提成。

后来事情发生了变化。现在，学生必须为他们的高等教育付费。毕业后，他们必须自己找工作，这意味着他们在成千上万名优秀求职者中，必须是出类拔萃的。一旦被雇用，他们必须保持高产出，以保住宝贵的工作。工作单位不再提供住房，工人们必须自己找房子住，挣足够的钱来支付房租或买房，同时还要让家里人过好。一位出租车司机曾经告诉我，他每周工作 7 天，每天工作 14 至 16 个小时。他给公司交了租赁费，扣除了汽油费，就几乎无力支付儿子的高中学费了。他的妻子下岗了——这是最近的另一个现象——而且找了一年工作也还没有找到。

现在，中国人知道如何用他们的语言来表达“生活和工作的压力”了。

随着计划经济向市场经济的逐步过渡，随着城市化（在这个过程中，农村本身没有城镇化）吸引大量农民进入大城市务工，中国人的心理问题显著增加。我曾斗胆问过几个人这个问题，他们承认他们一度有过自杀的念头。自杀人数呈上升趋势。特别是对于经常生活在危险条件下和处于城市社会边缘的民工来说，孤独、焦虑、营养不良和身心疲惫成为普遍现象。

犯罪行为也在增加：疯狂的杀手袭击学生；不堪重负的学生杀害父母，因为父母给了他们无法承受的压力。民工因数月未领到应得的工资而自杀，他们没有钱，如果他们空手回家过春节，就会丢面子。

住房压力（老杜插图）
（“这些没人住的楼房你还要建吗？”“是啊，在它们涨价之前。”）

当然，并不是所有承受重压的人都会想到自杀，但有多少人会陷入抑郁，失去生活的意志和乐趣，停止微笑，变得悲伤和孤独？社会的突然变化让人们没有思想准备，他们的心理健康就会受到影响。如果说中国从溪边洗衣服飞跃到在家里使用全自动洗衣机，那么中国也经历了脱离简单生活的突然变化。在这种变化中，人们一时无暇顾及会有人为生命而挣扎、为生存而奋斗。

主要由肥胖或超重引起的高血压患者数量也在增加。体重增加往往与对生活的不满有关，在生活的重压之下，很多人容易暴饮暴食引起营养失衡，还常常因为工作太忙而缺乏休息和锻炼。

有一次，一个外国人问我中国有没有心理学家。是的，有，但是他们的数量远远不能满足目前的需要，而且需求还在继续增加。仅在三个月的时间里，一位医生就诊治了 40 名试图自杀的病人。世界卫生组织透露，全球每年有 100 万人自杀，但自杀未遂的数量是这个数字的 10 到 20 倍。中国有五分之一的自杀成功率，居世界第五。女性的自杀率高于男性，农村女性的自杀率高于城市女性。

据估计，13 亿中国人中有 20% 的人或多或少有心理问题，但全国只有几百名心理学家。对于那些想知道自己未来的学生来说，这可能会很有趣……

43 节假日，怎么用好？

1949 年以前，一般是地主、资本家这类人才能享受空闲时间和假期。在 20 世纪 90 年代初，我问我的中国学生，如果他们有假期会想做什么，他们齐声说："睡觉！"

长时间的上课（甚至周六也有课）和学习，糟糕的照明条件，拥挤的宿舍，只能让他们想要好好休息一下。此外，他们的农村老家娱乐方式很少，年轻人也没有钱去旅行。有些人生活非常拮据，甚至买一张火车票回去和家人一起过新年都做不到。

这种情况逐渐发生好转。2000 年，随着三个"黄金周"在中国的确立，情况发生了根本变化。据我所知，世界上没有任何一个国家一年三次给人民放七天假：春节、劳动节和国庆节。中国发明了这种促进经济发展的方式。市民的收入有所提高，而且由于有了七天的时间，特别是 5 月和 10 月气候宜人的时候，人们有时间去旅游。这一决定将促进交通、酒店、餐馆、旅游景点和纪念品柜台的生意红火起来。

但五年后（2005 年），政府谈到要取消这些黄金周，以减缓经济增长。有些人（并非没有理由）对这样的事感到安慰：火车将不再那么拥挤，航空公司的价格将会下降，观光旅游将会更加舒适愉快。黄金周取消后，人们可以自己决定什么时候使用自己的存休，或者不休假而得到金钱补偿。

卖场

路牌

假期主要让人们享受娱乐活动，以减轻工作压力。如果说在今天的中国，人们很容易承受平时的工作压力，那可能是因为黄金周之间的四个月过得很快；一个黄金周结束之后，人们就开始梦想下一个黄金周并为之做准备。但是在这个国家，黄金周期间，数以百万计的游客同时乘坐所有的交通工具，在名胜古迹排起看不到头的队伍。在这种拥挤不堪的旅行中，人们很容易就会失去度假的兴致。这种情况会导致沮丧和失望。

近年来，新的活动发展迅速，特别是那些以商业为目的的活动。按摩中心、美容院、健身房、溜冰场、游泳池遍布各处。然而，黄金周带来的问题是，可供选择的活动在数量和种类上都不够——尤其是文化活动。此外，所能提供的活动并不能满足不同文化层次的人的需要。一些公民会更喜欢看电视或购物。

据《工人日报》2005年5月6日的报道，在中国，一个旅游景点的平均门票费用是100元，是其他一些国家的10倍。你花了一大笔钱才进入北京天坛公园，但如果你想进入祈年殿，就得在里面再买一张票。

别忘了，历史遗址、文化遗产、自然美景、公立公园都属于人民大众，难道不应该是免费的吗？有关机构是否有权利用属于公众的设施来赚取收入呢？旅游景点的开发不应该被用来赚钱，而应该用来服务于人民，提供物有所值的设施。但情况往往并非如此，就拿有限的可以去的地方来说，厕所肮脏，休息用的长椅不够，垂头丧气的游人队伍寸步难行。更不要说那些难以理解的中式英语标牌了。这些标牌毫无用处，反而添乱……

中式英语标牌

车库出口

44 中国人的旅行：昨天和今天

曾几何时，对中国人来说，旅行意味着回家过春节。全家人会聚集在他们长大的地方。

住在北京的人并不都是本地人。大部分人毕业于北京或其他大城市的大学，他们的户口是迁到那里的。然后，他们会在北京结婚，生孩子，开始做生意。他们在节日期间忙于招待他们的伙伴和客户，所以有一段时间，他们会把他们的孩子连同很多礼物送到祖父母身边过春节。甚至还有专门为孩子们准备的航班，由工作人员在飞机上照顾他们。

一个更好的主意出现了：邀请年迈的父母来城里过春节。或者，更好的是，为全家在节日期间的旅行订一家酒店，三亚的天气是 20 多摄氏度，而哈尔滨的温度是零下 40 摄氏度以下，那为什么不去三亚呢？

21 世纪见证了旅游业的爆炸式发展：对旅游组织者来说，这是一笔好生意。旅行团将在 10 天内访问 7 个欧洲国家，只吃当地中式的美食，购买名牌包包和太阳镜，并拍很多照片回国后给别人看。还有一种常见的现象是，游客们待在巴士上走马观花，透过窗户拍埃菲尔铁塔的照片。我在布拉格、马德里、罗马都亲眼看见过中国游客在博物馆里扎堆照相，而对著名的雕塑或绘画不屑一顾！

在这里，我想告诉大家一个让我感到痛心的事：有一次我乘公交车从首尔南下，当时只有我和一个十几岁的孩子在车上。她在吃完薯片后，把空袋子塞在了她前面两个座位之间的缝隙里，然后在天鹅绒的座位上擦掉手指上的油。快到站的时候，我们站起来，我用中文告诉她，门旁边有一个垃圾桶，她睁大眼睛问："你怎么知道我是中国人？""看你做事的方式我就知道你是中国人，"我说。我知道这对她来说不太愉快，但我想她会记住这个教训的。

新世纪里的新时尚是父母会把孩子送到蒙特利尔或悉尼去学习，但他们只会和中国人待在一起，从来不说英语，最后回到中国的时候，什么也没学到。

到 2020 年，我还没有看到这些情况有什么根本的变化。

45 方兴未艾的中式英语

2002 年 12 月，《北京青年报》请读者告诉他们自己发现的首都公共标牌中的英语错误。《中国日报》公布了一个电话号码，北京居民可以打这个号码报告错误的英语标识。我报告了一些：

地点	使用错误的英语标识	实际想表达的意思
火车上的厕所	No occupying while stabling.	停车时请勿使用
商店	This person is according to the clothes.	人要衣装
出租车站	Taxi wait.	在此等候
地铁	Booking office, Checking office	售票处，检票处
剧院	No burning!	禁止吸烟
公园	Please love the flowers.	请爱护花草
民族公园	Racist Park	中华民族园
长城	Don't be open ahead no going.	非开放区禁止前行

前一年，我在邮局领包裹。柜台上的牌子上写着“Baggage draw office”。我告诉工作人员，外国人很难看懂这种牌子。她说：“许多外国人告诉我们这是错的。”她叫她的领导来，领导手里拿着纸和笔，问我应该怎么写。我回答说，如果我写，我就用“Parcel pick-up”，但我又说，像许多在北京的外国人一样，英语不是我的母语，在纠正这个翻译之前，他们最好先问一个以英语为母语的人。后来，我回去看了看，结果看到的是“Package drawing”。真遗憾！

在非典期间(还记得吗？)，在“Temperature checkpoint”（体温测量处）那里有“Fever Patient Triage”（发烧病人分类）的标志。他们对人们进行分类，还是检查他们是否发烧？发烧是一种疾病还是疾病的症状？

在北京人被关在家里的两个月里，互联网变得非常流行。“Are you sure complete this message, and send it out？”（你确定完成这条信息并发出去吗？）这是我的电脑每天都问我的问题。

在著名的李先生美国加州牛肉面大王店，我们可以在碗上看到“P.C. Cal”的字样。 这是不是“加州人民共和国”的意思呢？

停车场都没有墙，怎么可能有朝北的“Door”呢？ 但他们可以有一个北“Exit”（出口）或一个南“Exit”（出口）。

“To take notice of safe, the slippery are very crafty”（注意安全，地面很狡猾），在北京市区早已见怪不怪。我认为这个标志引起的更多的是笑声而不是安全意识。

你猜“Beijing Baojie Circumstance Protection Co”（北京宝洁环境保护公司）是做什么的？他们保护环境，而且大概还在空闲时间学习拉丁语了吧，因为他们知道“circumstance”(情景环境）和“environment”（自然环境）都来自同一个拉丁语词源。

你尝过“juice flavour”（汁味）蛋糕吗？我还以为它是“多汁的”蛋糕，但它是干的。经过一番思考，我意识到这是一个橙子味的蛋糕。由于“orange juice（橙汁）”是一个流行的表达方式，这家面包店就把“汁”从“橙汁”分离出来了。它以为所有的“汁儿”都是“橙汁儿”……

中国人终于愿意帮助外国人在中国过得舒坦，活得明白了。于是他们设计了这样一个巨大的金字标牌：BJZKATGNJSKFYXGS。但是这个标牌可是要费一番脑子的。我猜 BJ 代表北京，那其他 14 个字母呢？[4] 我必须说，我感谢中国人在学习英语方面所付出的努力，但如果他们想实现他们的目标，他们将不得不认真对待这件事。中式英语不仅让外国人感到困惑，也给“优质城市”留下了不好的印象。

但别担心，中国朋友，不只是你会有这样的问题。在加拿大，一个官方双语国家，我在新不伦瑞克省看到了一个字对字的翻译：Do not trespass / Ne pas trepasser（而这个动词在法语中的意思是“死亡”）。

[4] 作者后来找到一张名片，揭开了谜底：北京中科奥特高能技术开发有限公司。——译者

46 避免过分使用资源

擦手纸：如果每个人在公共厕所用一张纸巾擦手，而不是两张，可以节省多少钱！在五星级酒店，员工会同时提供两条甚至三条床单。我只拿一条，笑着对她说："谢谢，剩下的两条留给下一个人。"

卫生纸：家庭用的卫生纸并不需要里面有硬纸板筒子，而且的确也有不用这些卷筒的纸。包装也经常过度：每卷用透明纸包装，然后10卷用更厚的塑料袋包装，然后收银员把整包手纸放进另一个塑料袋。此外，每卷纸的第一张纸经常被牢固地粘在能渗透三层纸的胶水上，启用时不得不用手撕破，浪费了几张纸后才能让纸筒转起来。

"一份就够了，为什么要浪费？"（老杜插图）

扦和棍：我享用冰棍的时候，一直在问自己，如果棍再短一点，能省多少钱。突然，我发现中国伊利公司读懂了我的想法。他们冰棍的棍实际上缩短了1厘米。我还注意到糖葫芦的扦子短了，羊肉串的扦子也缩短了。但我们仍然看到过太长的扦子，如此浪费。

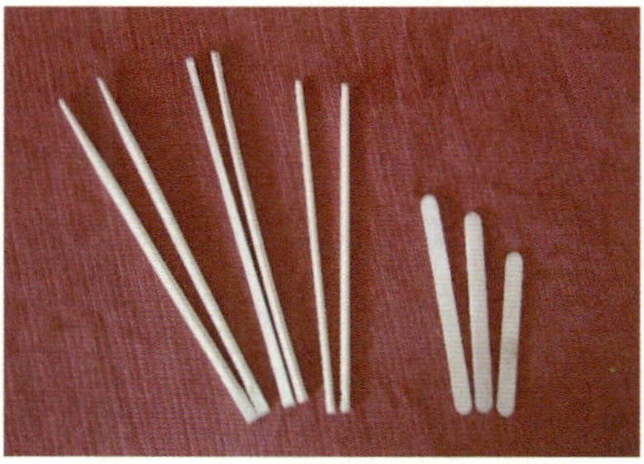

短点更节约

筷子：小餐馆里的一次性筷子也变得又薄又短，有些甚至难以使用。它们会不会难用到顾客自带筷子的程度？对大自然母亲来说，这是多么大的节约啊！如果顾客相信餐馆里的玻璃杯、盘子和勺子是干净的，为什么不相信可重复使用的筷子的清洁呢？你知道吗？中国每年牺牲2.5亿棵树就是为了生产一次性筷子。现在你知道了，你打算怎么办？

人行道：十几年来我一直住在北京的同一个地方。我刚来时，人行道是由大约 25×25 厘米的灰色水泥砖铺成的。然后有那么一天，拿来了新的材料翻修人行道。为庆祝 1999 年新中国成立 50 周年，长安街进行了全面整修。我住的那条街（友谊宾馆就在那里）的工程才进行了一半，当局就决定把新安装的瓷砖换成红色的，就像长安街一样。但是以前的新材料哪里去了呢？

街灯：有一句口号："点亮黑夜。"有一次，我坐出租车去亚运村。我告诉司机，虽然这里的灯很漂亮，但街道看起来很暗。他说，事实上，司机担心他们会撞到行人，骑自行车的人担心会掉进建筑工地的坑里。两年前，安装这种奢侈的灯时，人们抱怨说它们太暗，不利于照明，解决办法是把它们熄掉。另一方面，在我现在居住的小区里，灯已经换成了新型的。我问了原因，被告知这种新灯泡会节省能源。但是这种灯泡要贵得多，加上新灯泡的成本，我不知道换灯泡值不值。一年后我从国外回来时，注意到灯又被换了一次。那次的解释是："这些不是更好吗？"

酒店毛巾：当我第一次看到一个通知，要求酒店客人把需要更换的毛巾放在浴缸里，这样清洁人员就不用更换那些还没人用过的毛巾时，我很高兴这个措施为节约电、水和洗涤剂作出了贡献。但是没人告诉服务员一定这样做，她们继续拿走架子上叠得整整齐齐的毛巾，只用过一次的香皂，我特意地和我的东西放在一起的一次性牙刷，甚至连未曾打开过的牙膏也被收走了。更糟糕的是，我丢了一张名片在垃圾筐里，她们就更换了筐里的塑料垃圾袋。如果你试图向酒店服务员或超市收银员解释节约措施，他们会用怀疑的眼光看着你，笑着说："老板让怎么干我们就怎么干！"

47 好消息：不要浪费！

我还记得以前中国人把餐馆的剩菜带回家时，不想让外国人看见。但我很欣赏他们不浪费的好习惯。几年后，当习近平担任中华人民共和国主席时，他要求中国人民都不要浪费。那是2012年10月，我从中国共产党十八大会议上听到的最好的消息是，中国鼓励人们不要浪费粮食。

中国人的好客是众所周知的。为了表示对贵客的尊敬，他们点的菜总是比客人能吃掉的更多。现在的人崇尚挥霍。如果在晚餐结束时，所有的食物都吃完了，客人会说主人吝啬，舍不得花钱。中文里的“鱼”字就代表慷慨大方，“鱼”与另一个字“余”同音，这个字不仅意味着丰富，而且意味着过剩。

中国朋友请我去餐馆时，我总是尽量不让他们点太多的菜。但是他们回答说：“没关系，我们可以把剩下的带回家。”

每一个在中国待过一段时间的外国人都知道，晚餐结束时对服务员说的“打包”，意思是把剩下的食物打包带回家。如果他们真的这么做了，我就放心了。

这是我在中国发现的一个好习惯，我听说中国人是从德国学到的，后来又从美国学到这个习惯。但我在西方国家，至少是最近，没有看到过把剩菜带回家的。我小的时候，在加拿大餐馆里，有一种“狗袋”，客人们说他们把剩菜拿回去喂狗，但是也有人嘲笑他们，认为他们回家后会自己吃。

有时在餐馆，一拨人吃好后，桌子似乎准备开始为下拨人服务了，但是一些比较晚才上桌的昂贵菜肴都没动过筷子。

我注意到中国人总是等外国人离开餐厅后才要求“打包”。因此，我从不放过任何一个机会，强烈鼓励他们实行这一做法，避免浪费。

20世纪90年代我在中央电视台工作的时候，午餐时间都有一个巨大的自助餐厅供员工们使用，可选择的食物花样繁多。每次午餐只从我们的卡上收取几块钱，而我们想吃多少吃多少。但是浪费是被禁止的，拿了饭菜而不吃完的人将被罚款。

1985 年我作为一名游客来到中国时，每桌的食物足够 10 个人吃。我们离开的时候，所有的盘子都是空的。1989 年，我在一所大学住了三个月。过去，外国人和本地人都在学校的食堂用餐。每道菜的价格都很低，而且每道菜都包含了合理数量的食物。但更多的时候，学生们（大部分来自非洲）会在没有吃饱的情况下离开食堂，因为他们没有足够的钱再要一个菜。

20 世纪 90 年代，学生们的日常饮食中没有肉或鱼，只有骨头汤和蔬菜，米饭的质量也很差。渐渐地，他们开始偶尔去餐馆吃饭，这在今天已经很平常了。我记得在好伦哥（Origus）自助餐（价格固定，想吃多少就吃多少）看到学生们在桌子上留下一盘没动过的鸡翅，还有其他的剩菜。

在意大利，面包是食物的“象征”，所以它是神圣的，没有人会浪费面包。节俭是中华民族的传统美德。曾几何时，中国人相信“谁知盘中餐，粒粒皆辛苦”，为什么这种道德观念就不能恢复呢？

在西方，最严重的浪费发生在酒店为游客或商务会议准备的自助餐上。去年，在食物选择非常有限的古巴，我意识到，食物太多的时候，人们想要品尝所有的食物，这导致了巨大的浪费。在中国，浪费发生在欢迎、祝贺、新年、感谢等社交宴会上。

既然有关部门已经发出了公开呼吁，我希望政府和企业高层能有一个“借口”实施节俭，杜绝食物浪费。

48 避免使用过度包装

我想大概就是在那个时期，中国领导人号召停止对月饼进行豪华包装。月饼是中秋时节中国人为了表达谢意常送的礼物。过去我年年都会从出版商或我工作过的其他机构收到月饼，加上我的中国朋友也会送我一盒盒月饼。朋友们知道我喜欢月饼，送给我的时候借口说他们的家人不喜欢吃。我觉得很幸运，并没有因为他们这样说而觉得被冒犯。但是也有人会觉得，如果月饼包装不好，就拿不出手！这可错了！

因为我的公寓很大，而且我享有不少空间，所以我收藏了一些红盒子：谁知道什么时候我会需要它们。偶尔，我会挑一些好看的留下，把多余的拿去给老白——他负责在我们小区门口收垃圾。在这 100 米的路程中，我会遇到几个邻居，他们“羡慕”我漂亮的盒子。好玩的是，他们有时候会问我 ：“你要扔掉吗？可以给我一个吗？”

如今，中国正在提倡禁止燃放烟花爆竹，不仅因为污染，而且因为浪费材料，因为烟花爆竹用过之后的剩余物都是无法回收的垃圾。

烟花爆竹垃圾

49 中式礼貌

一个女人从她居住的城市里给她的儿媳打电话。对话是这样进行的：

婆婆："我星期三要去北京待几天，因为我要去看 XX 医院的专家门诊。但是你不用来车站接我们，我们自己能行。"

儿媳："你到北京我们当然会去接你！"

婆婆："真的吗？好吧，如果你坚持的话……但我们不会住在你那里。我们不想麻烦你。我们会找一家旅馆。"

儿媳："什么话啊？你可以住在这里——我们有足够的地方，很高兴和你在一起。"

婆婆："如果你觉得这样更好……"

这位婆婆是不是有点虚伪？不，她是中国人。大多数中国人有时候会正话反说，他们说不要怎么怎么的时候，其实是说我想要什么什么，甚至在想要什么的时候先做出不要的样子。你想想，作为媳妇，怎么可能不去车站接公公婆婆，怎么可能不让公公婆婆来家里住呢？她不会那么不懂事！如果是西方人的话，她会把婆婆的声明理解为她想要独立，所以不会提出其他建议来打乱婆婆的"计划"。

另一个例子：一个朋友来吃饭。饭后，他和主人一家坐在一起看电视，聊天。过了一会儿，孩子上床睡觉并说："晚安，叔叔。"女主人再也忍不住打呵欠了。她的丈夫评论说，电视上的那个男人"屁股很沉"。客人明白了，说："好吧，我想我该走了。"女主人则说："还早呢……"暗地里则巴不得他马上走。而她的丈夫则掩饰着如释重负的神情，说："干嘛不多待一会儿呢？"

中国人待客的时候，无论多疲倦，无论有没有足够的食物招待额外的客人，他们都必须客客气气。这并不意味着他们说的是实话。怎么理解是客人的事。

在中国待了几年之后，我发现西方人有时非常粗鲁。他们想说什么就说什么，想做什么就做什么——这是不同的礼貌观念所致。在中国，太直接被认为是粗鲁的；在西方，实话实说表示真诚。

了解中国人的礼貌是非常有用的。“请帮个忙”或“麻烦您”是非常有用的短语，即使是对售货员或邮局职员。许多西方人认为他们比中国人更有礼貌，因为他们会说“请”和“谢谢”，但他们也会说“我要一张邮票”，听起来像命令一样。

50 沉默也是一种礼貌

孔子认为，礼仪、公正、正直、自制、忠诚、守信，是做人的黄金法则[5]。在我刚开始在中国生活的时候，保持沉默也是一种礼貌：无积极作用的话不言，别人的坏话不说，勿以己之不幸令友朋如负重担，面临侮辱而不怒形于色。这尤其涉及中国人与外国人的关系，因为我们——对中国文化一无所知——常常缺乏自制力，而且我们想到什么就直言不讳。而中国人对冒犯有何反应？沉默和不动声色。

很多次，我向刚来中国的外国人指出过这种情况。他们对中国人做的某件事，根据中国文化来说，是错的。但他们对我说：“没有啊，他甚至还笑了！”然而准确地说，中国人的微笑常常是隐藏内心怒火的面具。

可是现如今，礼貌和处世之道已不再具有任何深刻的意义。尽管在音乐会或电影开始之前，总会提醒观众关掉手机，但观众中有些人接听和拨打电话时并不带一丝不安，他们的声音就像独自在客厅里一样响亮。你在日本、泰国或韩国绝不会看到这种情况。

[5] 指儒家的仁义礼智信、温良恭俭让。——译者

51 中西礼貌之差别

东西方的心态是基本不同的。西方人看见两个人说话，宁可绕开他们走，或绕开两辆停放的自行车，或绕开一棵树和一辆车；而中国人则是径直向前走，不会撞到任何东西，就像猫靠胡须来测量空间一样。一个中国人骑自行车的时候，如果一个外国人在他面前走来时，他会感到恐慌，因为他以为那个外国人不会停下来。他不知道西方人的文化养成使他们在需要的时候的确能停下来。这个骑车人会白白避让那个外国人，甚至会因此撞到别的人，就是因为他对于外国人的判断是错的。

在奥运会之前，政府给了北京市民一些任务。例如，出租车司机和公共服务人员（邮局和银行的职员等），被要求学习300个英语单词。（但我从未见过有人成功过，而且这也没什么用。）然而，一些年轻人问了问题，观察外国人怎么说话，尽了自己的能力。

一个年轻人在公共汽车上给我（一个女人，一个外国人！）让座，我笑着告诉他，他犯的错误是在请我坐下时叫我"老太太"。另一些人渴望练习一下外国的社交方式，但他们太腼腆。有时，他们迟迟不开口，"机会"被一个更快的人抓走了。

中国人过去对外国人很有礼貌，但是在世纪之交，我注意到一些行为上的变化。我并不是主张中国人对外国人应该比对自己的同胞更好一点，但是——也许——我们不再是"特殊人士"，因为我们不再是某种"新鲜的西洋景"。现在大多数人，特别是35岁以下的年轻人，整天戴着耳塞，无论老中还是老外向他们问路，都懒得理会了。

另一方面，对老人、外国人（被视为"客人"）的礼貌规则，在我看来，似乎已不再教给孩子们。不管怎么说，我很少看到孩子们遵守这些礼貌规则（比如和祖父母在一起的时候，在街上遇到老太太要打招呼），除非祖父母提醒孩子"叫奶奶"。他们没有把礼貌教育变成自己的习惯。

52 月亮总是外国的圆……

……不总是！奥运会打开了中国人的眼界，让他们看到了世界其他地方，以及一些做事、思考、生活和说话的“新方式”。当然，不仅是奥运会，还有“关注外部世界的眼睛”，让中国人越来越快地接受了一些不应该受欢迎的外来思想，其中一些根本是不相宜的。

如果白色在中国文化中是死亡和哀悼的象征，为什么传统上是红色的结婚礼服要变成白色呢？嗯，西方的方式开始流行起来，成千上万的新娘在婚礼上穿两件礼服：一件按照父母的习俗是红色的，一件用来拍照片的是白色的。中国已婚妇女和男人开始戴戒指，但他们会把戒指戴在一只手或另一只手的任何手指上。他们不区别订婚戒指（钻戒）和金婚戒。在很多情况下，他们会从一个被误解的符号中创造出一个新的文化现实。

曾经有一段时间，中国人发现了“睡衣”。中国人习惯穿着内衣睡觉；当他们发现了睡衣后，便穿着睡衣逛商场、散步。这个成了一个严重的问题，特别是在上海。

穿着睡衣外出（老杜插图）

万圣节被年轻一代的中国人接受了（任何娱乐的机会都是好的！），异教的化装舞会被认为是“外国的清明节”，这是完全错误的。更重要的是，中国人不仅在某个时候开始庆祝西方的情人节，而且他们开始把自己的七夕节称为“中国的情人节”。而中国的七夕本身有着不同的含义：它是在每年中国农历的七月初七，庆祝神话中牛郎织女相会的日子。

53 那个叫“圣诞老人”的人

当有那么多西方人自己也不了解自己的文化，或者根本不介意中国人怎么想的时候，又怎么能责怪中国人如何理解西方文化呢？

一位我教过的中国学生曾问我“圣诞快乐”期间是否会回家，我觉得是时候理清头绪了。“首先，”我回答，“我现在把中国当作我的家；其次，圣诞节只有 24 个小时，所以我没有时间回去。”

我的许多中国朋友都有一个普遍的误解，他们认为圣诞节在西方是新年的开始，并且所有的外国人都以同样的方式庆祝这个节日。

那个叫作圣诞老人的传奇人物，又名“Saint Nicholas”“Father Christmas”“Kris Kringle”，并不代表“西方文化”，而是属于某些西方文化，要知道西方文化的种类比西方国家的数量还要多。

圣·尼古拉斯是公元 4 世纪士麦那（Smyrna，现位于土耳其）的主教。他对孩子们慷慨慈爱，经常往他们的窗户里扔礼物。根据另一个传说，他曾经把硬币藏在孩子们的鞋子里，因此他成了把礼物放在袜子和鞋子里的圣诞老人的原型。

天主教徒、东正教徒以及英国国教和路德教会都尊崇圣·尼古拉斯。美国版的圣诞老人的灵感来自荷兰的传说“Sinterklaas”（Sinter Claes, St. Nicolaas, Sint Niklaas, Sint-Nicolaas），17 世纪由殖民者带到纽约（当时是 Nieuw Amsterdam，新阿姆斯特丹），这个形象在美国非常流行。几个世纪以来，主教的长袍变成了白衣领白袖口的红外套和红裤子。1931 年，可口可乐公司（Coca-Cola）将艺术家哈登·森德布罗姆（Haddon Sundblom）创作的胖乎乎、乐呵呵的圣诞老人形象商业化了。

在西方，对一些人来说，圣诞老人的传统是商业化对圣诞节本意和耶稣诞生日含义的歪曲。在一些欧洲国家，人们把圣诞老人看作是对民族传统的侵犯。据说，圣诞老人在圣诞前夜（12 月 24 日）或他的筵飨日给好孩子们送礼物，而这一天在荷兰和比利时分别是 12 月 5 日和 12 月 6 日。

在北美，圣诞老人在圣诞节（12 月 25 日）那天给人们家里送礼物。

在意大利，是一位名叫贝法娜（Befana）的老妇人在1月6日给孩子们分发礼物。在加拿大，当我还是一所法国天主教学校的小学生时，老师教我们要等到1月1日才打开礼物——不像英国的新教徒，他们在圣诞节那天打开礼物。

俄罗斯东正教会在1月7日庆祝耶稣诞生，直到今天也是这样。此外，现在众所周知，耶稣出生在夏天，可能是在公历的7月，但教会把冬至定为耶稣的生日，以便把异教徒节日神圣化。

并不是所有的国家都会在圣诞节这天把烤火鸡摆上餐桌。对意大利人来说，圣诞节这一天，家庭成员只吃零食，因为真正的宴会——由各种鱼类和海鲜组成——是在圣诞前夜，而且可能会持续一整夜。这源于天主教徒在每个星期五和重大宗教节庆前夜不吃肉的传统。

在向外国人祝贺“圣诞快乐”之前，也许应该查一下他们是信教的还是无神论者，是基督徒（天主教徒、新教徒、东正教），还是穆斯林、佛教徒、犹太教徒或印度教徒。

在我看来，另一个文化错误是，在中国用圣诞老人的形象装饰“外国人”（包括日本、韩国、巴基斯坦、尼日利亚、伊拉克、巴西、古巴和其他国家的人）去的办公室、酒店、商店、公共汽车和其他地方，就好像所有的外国人都是美国人一样。

54 “不交流的时代”

2012年，我在北京举办了一个画展，出售我的油画，以支持我在青海的项目和我的藏族女儿们。

找到一个免费画廊是一个奇迹。安妮是北京一家意大利连锁餐馆的老板，她慷慨地包了目录、海报和请柬的经费。

这里我想强调一下本次画展的主题和内容：不交流的时代。我们

不交流的时代

可以看到五个年轻人在地铁车厢里。扩音器不断重复着“请把座位让给有需要的人”这句话，车上还有示意图，画着拄着拐杖的老人、伤残人、孕妇和儿童（因为在中国，坐座位的更多是小孩子而不是大人）。而四个年轻人在使用 iPhone、平板电脑、iPod、MP4，沉浸在自己的世界里，对提醒乘客的标志和广播毫不在意——“给有需要的人让座是我们国家的传统美德。”哇！我们完全处在一个没有交流的时代。

独生子女政策产生了自私的孩子，他们有两个父母和四个祖父母来满足他们的需求，这使他们变得以自我为中心。今天，一个 35 岁以上的男士可能会帮我提行李箱上下地铁站的台阶，但这种情况也并不常见。我得说，他们没有学会照顾别人，帮助别人。

老龄人口在增长，照顾年迈父母的责任落在了孩子们的肩上（或者不如说落在了独生子女政策的肩上），在这方面，中国的做法已经走得太远了，必须改变，使夫妇可以有两个孩子，甚至对生二胎予以奖励。

七

是帮助他人的时候了（2008—2013）

55 年轻人：千里之行犹如万卷之书

我经常告诉我的中国朋友，他们是幸运的，因为即使不离开他们的国家，他们也能穿越几个气候区，从热带的海南到寒冷的哈尔滨。他们可以享受大海边阳光明媚的海滩，也可以去看冰雪节；他们可以参加潍坊的国际风筝节，也可以去广东看龙舟比赛；他们可以去攀登西藏的喜马拉雅山，也可以穿越内蒙古沙漠；他们可以参观广西的岩洞，昆明的石林，杭州的西湖，大同的悬空寺，安徽省黟县的明朝乡村，西安的至少有七千年历史的半坡村。他们可以观赏灿烂的甘肃敦煌石窟，道教和佛教的圣山，桂林的奇山异水，云雾缭绕的黄山群峰，吉林的雾凇，周庄水城，贵州黄果树瀑布。他们可以在母亲河黄河的岸边回忆中华民族的历史，想象她时而波澜壮阔，时而水尽干涸，想象她留给我们的黄土高原。他们可能会对上海的现代化和深圳的奇迹感到惊讶，深圳是一个从无到有的城市；他们在新疆的维吾尔人或西双版纳傣族人中间会觉得身处异域，或在浪漫的鼓浪屿上会觉得置身天堂。他们在中国的 23 个省、5 个自治区、4 个直辖市和 2 个特别行政区发现各种奇观，在 56 个民族中找到迷人的惊喜。中国这个幅员广大的国家，面积上居世界第三，仅次于俄罗斯和加拿大。说真的，我相信世界上没有任何一个国家能在一年中的任何时候提供如此多的自然和人文景观、节日和各种活动。

中国拥有各种各样的地理景观。每个地区都有自己的文化缩影，每个民族都有自己的风俗、烹饪艺术、音乐和服饰。在这个国家，每到一个地方，我都会品尝到以前不知道的水果和蔬菜（更不用说它们的制作方法了）；我看到了新的动植物和各种野生动物。这里可以看到孔雀和大象，那里可以看到野驴、狐狸和老虎。

请记住，北京并不是整个中国，即使在中国的一个大城市生活了 10 年、20 年甚至更长时间，人们也不能声称自己了解中国。

要想广闻博识，必须经历多种的生活和旅行。可以去参观一个古代乐器展览、书法展览、绘画和雕塑展览；去看一场杂技、一场京剧和其他地方剧；或者去观看一个工艺品展示，如年画、剪纸、四种类型的苏州刺绣、景泰蓝；去参加一个美食之旅，品尝洛阳水席，满汉全席，北京烤鸭，叫花鸡，山东、四川、广东、江苏的“四大菜系”；去探索一下各地民居，看看福建客家的土楼，北方的蒙古包，广东连南的瑶族吊脚楼。其他的游览项目可以包括一些文化主题，如武术、中医药、茶以及满族、藏族、苗族等的民族服饰；可以参加一个维吾尔族、纳西族的歌舞之旅；可以赶在节日去观看蒙古族的那达慕，藏族的雪顿节，傣族的泼水节的盛况；可以来一趟宗教之旅，拜谒道教和佛教的寺庙，参观其宝塔和碑林；也可以去体验一次自然景观之旅，生态之旅，历史之旅，等等。

那时，我看到了贫困地区，也看到了经济发达地区。如果说我去过一些省份好几次，比如内蒙古、云南、宁夏、山西，那是为了工作、家庭，或者参加诸如植树等活动。事实上，我偏好去哪里呢？到处都有不寻常的东西，作为一个充满好奇心的人，我有兴趣去发现新的东西。

在这些旅行中，给我印象深刻的包括：在浙江的一个农村家庭过春节，早上我房间里的毛巾都冻硬了；另一个是我的第一次云南之旅，从北京坐了 30 个小时的火车后，我都准备打道回府了，因为在到达昆明之前，还有 27 个小时要熬，然后还有 36 个小时才能到达西双版纳；我在新疆度假的时候（乘火车 72 小时），维族人以为我是哈萨克人，而哈萨克人以为我是维族人。写这篇文章唤起了我的记忆，我还想列举许多其他的经历。

56 退休开辟新途径

无论我在中国获得了多少不可忽视的荣誉，都有不得不退休的一天。但是，我在 2005 年获得了中国的永久居留权，这意味着，只要能养活自己，我就可以继续留在中国。在我获得中国永久居留权的那

《北京周报》和《中国与非洲》杂志的员工为我庆祝退休

天，我的邻居们从电视和报纸上得到了消息，他们开玩笑说："你真行！""好样的！现在，你有了绿卡，可以退休了！"他们以为我和美国的绿卡持有者一样，获得了健康保险和养老金。不，我只有留在中国的权利，所有的费用都要由我来承担：根本没有社会保险，什么都没有。但对我来说，这已经很好了！我可以以写作为生。

同样，新的生活也在期待着我。退休后，我享受了大量的自由时间。我不打算浪费这些时间。2003 年，我用从加拿大带来的钱在顺义买了一套公寓，随之而来的是做自己想做的事。

还没等我想好如何安排自己的生活，我就接到了外文局的电话，让我去那里谈一谈：他们给我找了一个项目。

新疆宣传部门建议我去维吾尔自治区采访 40 到 50 人，我自己可以从名单中选择采访谁，与他们见面后，为西方国家的读者出一本关于新疆的书。

这个消息太好了，简直难以置信！我回答说："我愿意接受。但首先，我怎样才能找到

民族英雄（绿坎肩）和家人

采访对象？我在新疆一个人都不认识；第二，火车票、养老金、伙食费……对我来说太贵了。” 他们说：“所有的费用都由新疆政府承担，外文出版社还会付给你写作的报酬，并出书。所以，你说呢？”

于是，我去了。我写了一本法文版的书和一本英文版的书。我无法用语言来表述我所了解到的布尔玛干，这位民族英雄，在她还是个小女孩的时候，就独自一人保护了西域边疆。而她只是 35 到 40 位杰出人物中的一位。

June Masuda[6] 写在该书封底上的评论：

> 新疆有独特的神秘感，其景观多样，区别极大。新疆拥有中国最炎热和最干燥的地方、全国最大的沙漠和世界最低的盆地，同时也养育了美好的各族人民。李莎·卡尔杜齐为新疆人民和这个地区编织了一幅特殊的挂毯，让我们看到人民与土地之间的密切联系，魅力无比。一位边防战士、一位阿訇、一位摄影师、一位餐馆老板、一位瓜果科学家和一位登山者，这只是李莎用细腻的笔法描述的其中几个杰出人物。

显著的个性和风景会吸引你，给你留下深刻的印象。这片土地上引人入胜的精神和人们的活力与热情，会像它们进入作者的内心一样，激发你的想象和感情。翻到这本引人入胜、内容丰富的读物的最后一页时，你一定会想去新疆旅游，领略那里的异域风情，去感受当地丰富多彩的风土人情。

在宁夏

这本书成功之后，宁夏也要给自己的省出一本，我又认识了一些优秀的人，比如——仅举其中一个人物——王有德。他在宁夏的七大沙漠中找到了自己的固沙方法。

宁夏面积 6.64 万平方千米，仅占中国国土面积的 0.69%，是中国面积最小的省级行政区。宁夏由黄河横贯的平原组成，北边有三块沙漠，南边是干旱山区，是全国最贫困的地方之一。从 1985 年开始，王有德带领工人们把沙漠变成果园和森林，同时改善了数百人的生活。我采访过的神奇人物里就包括他们。

宁夏回族自治区成立于 1958 年。它的文化和历史深受伊斯兰教的影响，而奉行伊斯兰教的回族是中亚、波斯、阿拉伯等民族的后裔，他们使这个自治区成为一片丰富多彩的土地。但正如包金贵（穆罕默德·尤努斯）阿訇向我解释的那样，宁夏是伊斯兰教、佛教、基督教和平共处的土地。宁夏接待了来自埃及、土耳其、也门、巴基斯坦、斯里兰卡的代表团，是和谐的典范。回族妇女的声音，人们也会倾听。

会见作家张贤亮。在后来的一次访问中，张贤亮向我展示了他个人收藏的他自己写的书。“意大利文版在哪里？”我问道。“也许没有吧？不然我应该有的。”其实意大利文版是有的，因为我读过。我把我手里的一本寄给他，以便丰富他的收藏，遗憾的是在 2014 年，张先生离世了。

[6] 作者的一位日裔友人。——译者

57 他让世界关注内蒙古

“他”是姜戎，2004 年他写作的《狼图腾》出版了，我有幸与严汉生教授合作，将这本畅销书翻译成了法文。这部作品共以 30 多种语言出版，不仅唤起了中国人，也唤起了全世界读者对内蒙古的好奇心。虽然不久前内蒙古还几乎并不引人注目，但现在无论是散客还是旅游团，都开始涌向这个以前从未被描述过的地区。

姜戎年轻的时候，在内蒙古经常听“美国之音”。在那里，人们用短波可以接收到这档节目，音质比国内的电台还要清晰。姜戎带了一大箱书，借给同伴们看。来这儿的年轻人会看报，接待家乡来的客人，或者轮流回去探望，所以他们从来没有感到孤独和寂寞。他说：“最糟糕的是不能一边看书，一边放羊。我常常从我读完的地方数出十页，折一下，以便我能抬眼看看羊群，确定附近没有狼溜达，然后我就看这十页，看完再检查是否有狼。”

我问他，饥饿，寒冷，蚊子，哪一个对他来说是最大的困难。“这三样嘛，饥饿是最大的问题，主要是在夏天。夏天一天的工作从 8 点开始，到 20 点才结束。日落后回到家来才能吃饭。冬天虽然漫长，但不是每天都那么冷。可是，‘白毛风’却很可怕。羊怕冷风，会往相反的方向走，避免顶风。我们只好不断地围着它们跑来跑去，不让它们走失。蚊子嘛！哦！光是听到它们成群结队地飞来飞去，就足以把你逼疯。”

58 一个叫贾拉森的喇嘛

对于我来说，访问内蒙古又是一次奇妙的经历。我有机会认识了几个少数民族的优秀人物，比如活佛贾拉森。在两个小时的采访中，他一直保持着亲切的微笑，是耐心的典范。他是南寺的住持[7]。15 个月大的时候，他从家里被人带走，开始了宗教课程的学习，一直到成年。五六岁时，他进入寺院，开始学习佛经，用藏语背诵。八岁时，他上了小学，然后上了初中。“文化大革命”开始，他在阿拉善学校闲待了两年。1968 年，贾拉森到农村接受“再教育”，和农民一起干农活，当牧羊人。

1973 年至 1976 年，他被派往内蒙古大学学习蒙古语。之后，他又到阿拉善工作了两年，然后又回到大学，全身心地投入到广泛的蒙古语研究中，时间长达 3 年。1983 年至 1985 年，贾拉森到东京外国语大学学习日语，并专门研究 13 世纪的蒙古语言学，因为当时这方面的学者都在日本。

在学习和教学之余，20 世纪 80 年代初，贾拉森全身心投入到广宗寺的重建工作中。我问他这项重建工程进行了多少年时，他说：“这项工作还在进行。还有很多事情要做。”南寺位于贺兰山脉，与宁夏回族自治区接壤。2003 年 2 月，我曾在八座山峰中一眼看到了这座气势磅礴的寺院。“如今，那里住着 100 多位喇嘛。”贾拉森说，“广宗寺的影响遍及西藏和内蒙古的所有佛教徒。”

就这样，我们一连谈了几个小时。

“你这么活跃的人偶尔也会放放假吗？”我问他。“因为我在大学里教书，所以我享受假期。我的其他工作不允许我休息。”他喜欢用空闲时间看电视和上网阅读。他说：“有了网络，我就不常碰书了。”旅行吗？他现在时间不够用，但那时，他已经去过加拿大、法国、英国、蒙古。还算不错。

[7] 南寺，也叫广宗寺，位于内蒙古自治区阿拉善贺兰山。贾拉森（1947 年 11 月 16 日—2013 年 4 月 28 日），蒙古族，第六世迭斯尔德活佛、内蒙古大学教授，蒙古语文学家。——译者

59 一个声音在呼唤我

2008年年中，我刚从广西回来，正在写那个系列丛书的最后一本书时，听到了一阵来自心底的“声音”——比我的意志还要强烈，这个声音重复了好几天——“去热贡……去热贡……”这个温和但是顽固的声音让我决定从写作中抽出几天。也许我会发现这个声音想从我这里得到什么。

从北京坐火车，花了28个小时到达青海省会西宁。过去，西宁叫安多，也就是藏北。该市平均海拔2275米，省内东部地区——人口最多的地段——由海拔2500至3000米的高原组成，分布着高达5000米的山峰。也正是在青海，黄河发源并由西向东横贯全国，在山东流入渤海。

西宁到热贡（同仁）的火车要走13个小时，穿行海拔3500米的高山并经过一两个隧道。途中可以欣赏到这些由红土、黄土组成的山峦，点缀着像是从天顶倾泻而下的小树。其他的山峰上覆盖着茂密的

在西宁休息，等待下一趟车。

植被，游荡着吃草的山羊、绵羊和牦牛。还有一些巨大的岩石，似乎形成了天然的寺院。有时候，电线会打断这些景观。事实上，整个青海的电气化即将完成，好在这一切发生在我们意识到绿色发展的重要性的时候。青海发展的方方面面都考虑到了这一点。

几年后，一系列隧道将使西宁到同仁的旅行时间缩短到了只有 2 小时。公路不需再绕过石峰，而是穿过石峰。像这样惊人的支撑结构随处可见。

全省汉族人口主要集中在西宁，藏族（佛教）、回族和撒拉族（穆斯林）等少数民族聚居在自治州和自治县。

途中的风景

穿越石峰的隧道

天然的寺院

让我们回到2008年。我之前见过的那个藏族青年和同仁县兰采唐拉卡技校的校长一起来到了车站。这条路花了我13个小时。他们用哈达欢迎我，让我选择一家中式或藏式餐馆。他们很高兴我选择了后者。两天的时间里，我对当地的情况有了足够的了解，明白了我要在那里完成一项使命。

在这所海拔3500米、距离热贡（同仁）县中心70千米的木头房子的学校，只有教室里安装了取暖用的铁炉子，宿舍里没有。也没有公路来运煤。每吨煤要500元。在冬季，气温会骤降至零下20摄氏度到零下30摄氏度。只有那没有被污染的天空中的明媚阳光才能使白天的天气变得暖和一些。有些孩子没有鞋子，或者有两只不同的鞋子。他们的脸颊和双手都被冻伤了，皮肤皲裂，呈现可怕的黑色。他们身上没有足够保暖的衣服，也没有手套。吃也吃不饱。有些孩子在冬天根本无法去上学。

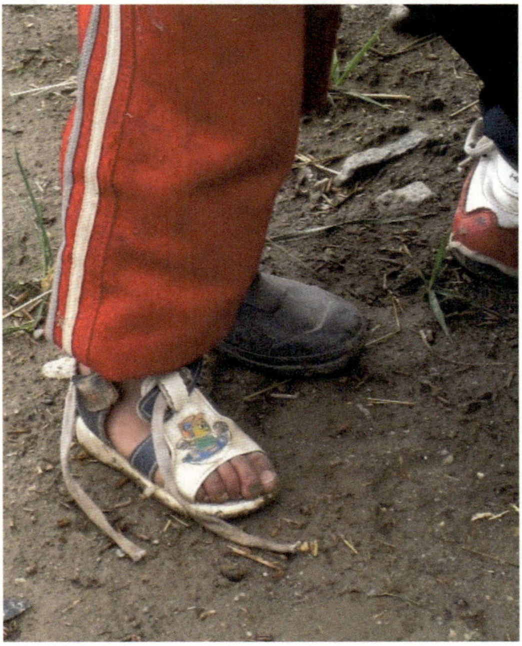
孩子们没有一双像样的鞋子

因为我亲眼看到了这些现实情况，我“相信”这都是真的。“我还不知道怎么帮你们，”我在离开同仁之前告诉老师和校长，“但有一件事是肯定的，我会找到办法让孩子们在明年冬天少挨些冻。”这是一个我要履行的约定。

回到北京后，我在《中国日报》上发表了一篇长篇文章，人们开始给我捐款，从20元到5000元不等。

外面更暖和

从那天起，我的命运就和青海藏族的孩子们连在了一起。我经历了所有的痛苦，我决定我要做些什么——我不知道是什么——但我是要做的。兰采学区（3 所学校）共有 629 名儿童。在接下来的几个月里，我从杭州的一个批发市场买了 629 双新鞋。每次给孩子们买衣服或鞋子，我都受到了商家的帮助。他们“相信”我，尽管我不是批发商，他们还是给了我很大的折扣。我从北京寄了 100 多袋 20 千克重的衣服给一个年轻人，让他在各处分发。

有一次我问老师，他们怎么能在零下 20 摄氏度的温度下，在没有暖气的房间里上课。他说：“只能忍着！”他还补充道，有时外面会更暖和。

60 热心助人的顺义邻居们

2003年，我在顺义买了一套公寓。那里是一个新开发的小区，政府在对首都市区进行改造后，一些居民从拆迁的胡同里搬了过来。在几千中国人中，我是唯一的外国人。我们的小区有个可爱的名字叫“樱花园”。那里的人都很好，我找到了十几个女人，她们愿意用我批发来的大约30千克羊毛编织帽子、手套和毛衣。但在邮寄大包裹之前，我也收集了一些旧衣服洗干净，修补好。我们小区里的一些人开始叫我“收衣服的”。听到这样的名字，我笑了。至少，人们知道我在做什么。我经常在门前发现一袋袋的衣服，我只需要将它们洗净补好。那些不适合藏人穿的衣服，比如晚礼服或膝盖有洞的牛仔裤，可以给汉人穿，我会想办法送到它们可以派上用场的地方，大部分送到甘肃了。

我们大院门口有一个男人老白，靠收废纸和瓶瓶罐罐来维持自己（和妻儿）的生活。我曾经尽量把我的回收品给他，当然不是卖给他。但是老白总是说：“大姐，我给你钱。”有一次，我假装生气的样子对他说：“如果你给我钱，我就不给你东西了。”他有空的时候，会很好心地拉着我和20公斤的行李去邮局，邮局的工作人员也主动提出来去我的住处取行李（我住在六楼，没有电梯）。我的小双轮行李箱最多只能带一个包。我总共邮寄了208袋衣服。

有时我会收到一些特殊的要求，比如在一个极度贫困的村庄里为一所12人的学校宿舍添置寝具，或者121双鞋子。

老白送我去寄包裹

有一次，邮局负责人告诉我，如果我能做棉被套，他可以给我五床被子的材料。他的同事们为棉花买单。我把被子寄给了喇嘛们。他们简直无法相信！他们在高山顶上的寺院没有暖气，太冷了！

几年来，我在同仁及周边地区支持不同的项目。我提供了756双鞋，562双手套和袜子，48件羊毛衫，17台二手电脑。这些钱有些是别人捐赠的，但大部分是出售我的书和画来的钱。

捐赠的床上用品

我利用在北京的耶鲁校友捐赠的中英文图书，为2000名学生建立了中学图书馆（Jantsa学校），并捐赠3000元购买了107本藏文图书。我更希望是108本书，因为108在西藏文化中是一个神圣的数字，但是……

捐赠的图书

跟藏人英语学习计划（ETP）有关的一个联合项目让我们提供了31条棉被，这些棉被都是在青海制作的，不用邮寄了。被子是由学生们分发的。

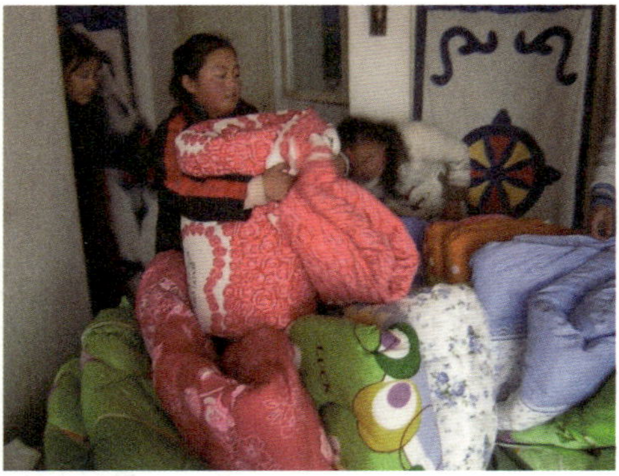

学生们正在分发被子。

冬季学校和夏季学校是喇嘛们组织的，他们希望我提供资金。该项目旨在向在非藏区上学的藏族儿童教授藏语。正常情况下他们学习汉语，另外每

教学培训

村里的一个喇嘛称赞我的贡献。

周上1至2小时的藏语课，但由于他们在家里说不同的藏语方言，藏语的读写能力很快就消失了。甚至有些家长和祖父母也要求参加冬季或夏季藏语班！

喇嘛们会挑选一些藏族大学生，让他们接受培训后从事假期里的教学。这些年轻教师们的路费给报销，他们将与当地的藏族家庭免费生活和吃饭。但是，这个项目还需要一些资金，而且……我会想办法提供资金，主要是亲戚朋友的捐赠，销售我的书和画，还有自己腰包里的钱。

我应该提一下，同仁是世界上最大的唐卡制作中心，这是当地的主要产业。唐卡是喇嘛们画的。在那个村庄，我只为他们提供了一个宿舍的床上用具，却收到了一幅硕大的唐卡，让我喜出望外。

61 苦尽甜来的学生

后来我又回了几次同仁，总有一些项目在等着我。有一次，我被介绍给一个小女孩，她已经通过了高考，但是她来自一个贫穷的家庭。我一直帮助她，直到她完成了五年的藏医学习，再加上三年的硕士。仁青卓玛现在是一名教乡村医生的教师，负责她双胞胎弟弟妹妹的大学学费。对于我这个“母亲”来说，这是多大的满足啊！

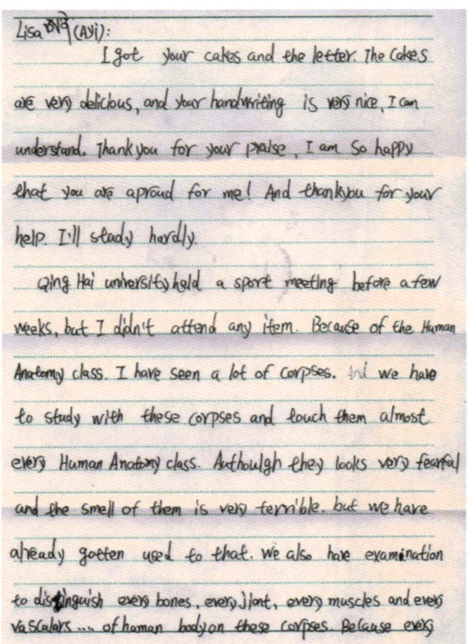

Lisa [illegible] (Ayi):

I got your cakes and the letter. The cakes are very delicious, and your handwriting is very nice, I can understand. Thank you for your praise, I am so happy that you are aproud for me! And thankyou for your help. I'll study hardly.

Qing Hai university held a sport meeting before a few weeks, but I didn't attend any item. Because of the Human Anatomy class. I have seen a lot of corpses. And we have to study with these corpses and touch them almost every Human Anatomy class. Although they looks very fearful and the smell of them is very terrible. but we have already gotten used to that. We also have examination to distinguish every bones, every jiont, every muscles and every vascalars ... of human body on these corpses. Because every

我收到的一封感谢信

在仁青卓玛家

十年之后的仁青卓玛（中）与她的家人

仁青卓玛能说一口流利的英语，这非常难得。在高中时，她参加了藏人英语课程(ETP)，该课程以英语教学，并让学生们用英语交谈，而不仅仅是听和读。她的老师夏洛特来自南非，学过藏语，但从不在课堂上使用。如果语言老师明白了外语教学中书本不是必需的，而口语对老师和学生来说非常重要的话，学生就会真正地学习而不是浪费时间。问问你妈妈她是用哪本书教你母语的。如果你诚实的话，你就会明白我说的是对的。

很难相信，仅仅因为几年前我的帮助，这个靠四亩地和父亲打零工养活的五口之家，几年后就会有三个拿大学文凭的孩子。

拿到藏医硕士学位的自豪

62 有二就有三！

有这样的说法，且说的是事实。我的第二个藏族女儿仁青卓玛仍在攻读硕士学位的时候，另一个需要帮助的女孩又被介绍给了我。鑫德草 3 岁时失去了父亲，12 岁时失去了 37 岁的医生母亲。没有家庭来养活她。她是一个天赋异禀的人，多可怜！当时我已经有太多的负担，但是我很幸运地找到了一个美国商人，他付了她大学学费的一半。她被送到中国东南部的一所商学院学习。那所学校的水平太低了，没有一个老师会说英语，也听不懂英语。可以想象如果他们教英语的话会是什么样子！

毕业后，鑫德草带着毕业证书回到了青海。在最初的两年里，她申请了五六次会计职位，但在只有一个空缺职位时，她总是名列第二。

所以，她暂时成了一名老师，帮助刚刚在同仁开了一所幼儿园的“叔叔”，我可以说她是最好的老师。创始人索南 · 多杰靠着一项资助在美国接受了蒙特梭利教学方法的教育，我很高兴支持他的事业——青海省的蒙特梭利式幼儿园。

鑫德草做起土豆面疙瘩颇像个行家。

硕大的带馅面包

因为鑫德草无亲无故，我就带着她来到北京和我一起在首都过春节。第一次来的时候，我们从火车站回到家里时，我正在准备做意大利土豆面疙瘩。她观察了几秒钟，洗了洗手，开始自己做，就好像她早就会做一样。因为她的土豆面疙瘩比我做的好得多，我就让她一个人做，自己做另一件事。

鑫德草第二次来我家时，带来了这个大面包（几千克），里面塞满了各种各样的小面包。这是她和一个老妇一起做的：这是她家乡的藏族传统。

在获得学位两年之后，经过几次竞争，鑫德草终于在一家银行找到了工作。她辞去了幼儿园的工作（这是多么大的损失，她是最棒的老师），并在 2018 年嫁给了她以前的一个同学。

63 一次又一次……

与此同时，我认识了两个姐妹。她们的父亲死于一场公路施工事故，母亲38岁，文盲。当然，她们也在寻求帮助。虽然我把她们俩都看作是我的“女儿”，但我只帮助了大女儿拉毛友上大学，而她的妹妹去打工帮助姐姐。

我为我的藏族“女儿”们感到骄傲的是，她们不仅学习好，取得了成功，而且从我那里学到了我没有刻意“教”给她们的东西，比如为红十字会献血。在超过法定年龄（中国55岁，加拿大70岁）之前，我曾在加拿大无偿献血82次，在中国无偿献血23次。我在北京的学生和六个藏族女儿都向我看齐，而这些新的捐赠者也带动了其他人加入进来。我的“女儿”们也收集捐赠用的旧衣服并负责缝补洗涤和交送，去敬老院换床单、擦地板，在暑假期间，和十几个同学一起当志愿者，教小学生一些他们从资质不高的老师那里没有学对的东西。2018年夏天，我去同仁参加我的藏族女儿“大聚会”时，拉毛友和十几位大学同学正在省南部做志愿者。

志愿老师拉毛友

卓玛和她的祖父母

到现在为止，我最后资助的一位学生是在2019年开始学医的。她的父母是青海省的牧民，而她的外祖母每月只能从政府得到很少的

我们的初次见面

生活补贴。她祖父刚刚去世。我第一次见到她的时候，我和我所有的藏族女儿们正在同仁举行“大聚会”。几个月后，卓玛被河北省石家庄的一个医学院录取，学成后将成为一名乡村健康顾问。

由于新冠病毒疫情严重，她被迫在 2020 年早春回家，并在网上学习。最近她发给我一张照片，在一片荒凉的土地上，两匹马在散步时保持着两米的距离！

两匹马

64 再访同仁

拉毛友从南方回来参加“大聚会”时，带我参观了同仁。那时，我还不知道这个县的藏语名称“热贡”(Repkong)的意思是“梦想成真的金色山谷”。

广场中央竖立着一座巨大的纪念碑，它代表了藏传佛教中的重要人物度母(Dolma)。这就是为什么许多藏族妇女名为“Dolma”“Drolma”“Zhouma”和“Zhuoma”，这些都是同一个名字，根据说话人的不同而有不同的发音：有藏语的发音，有汉语的发音，或西方语言的发音。

由于其保存完好的传统文化，同仁热贡艺术在2008年被列入世界非物质文化遗产名录。

度母雕像

同仁是青海最重要的藏区，有48座寺庙，居住着2000多名喇嘛。在同仁的北边，青海的省会城市西宁，有一座东关清真大寺。这座清真寺位于穆斯林聚居区的中心地带，也在伊斯兰市场的旁边。为了适应城市的发展，它在1998年被实施了一些改建。

同仁县在2010年宣布“脱贫”后，已经实现了小康、现代化和生态发展，并于2020年7月1日正式被提升为市——同仁市。

2008年，在同仁。

2008 年我第一次访问同仁时，一半的学生住在距离学校 20 到 60 千米的山区，所以他们都是寄宿生，生活条件简陋到难以想象。父母每隔 15 天骑着摩托车去接他们。如今，这里的九年义务教育入学率已达到 99%，普通话已经很普遍，你可以在街上用中文向任何人提问，并得到答案。此外，那里的人非常好客。

今天，看到同仁享受所有现代生活的商品，我感到非常高兴和自豪。藏区的传统保存得很好，从大人和小孩的传统服饰就可以看出来。

为身为“藏族人”而自豪

藏式餐馆、祈祷经幡、手捧念珠的路人，以及藏式寺庙的数量，都清楚地表明：这是一块藏区土地。寺庙维护得很好。街道和房屋非常干净。新旅馆现已能接纳中外游客。

同仁市出现了一所出色的幼儿园，它的创始人索南 · 多杰刚从美国接受蒙特梭利教育归来。我很高兴在 2018 年 8 月和我的藏族女儿们团聚的时候参观了这所格桑花幼儿园。

宿舍里，孩子们习惯于每天自己铺床。

格桑花，在同仁随处可见。

操场。虽然操场在屋顶上，但有很好的防护，孩子们不会在攀爬时掉下来受伤。照片上的蓝色天空绝非假象，我称之为“藏蓝”，在藏区随处可见，没有任何空气污染。

和拉毛友参观博物馆

和我的几个藏族女儿们

2018 年我重访同仁时，热贡独特的西藏文化博物馆已经开放，虽然尚未完工。热贡也是世界上印刷、彩绘和刺绣唐卡的中心，博物馆珍视这种独特的艺术。虽然我能认出和我从前收到的那幅答谢我的唐卡一样的模板，但是每一幅唐卡都是用手工一个个做出来的。

我的藏族女儿们都叫我不同的名字：干妈、奶奶、阿姨或阿尼、李莎阿姨、二妈。这表明她们是多么独特，我们的关系也是一样的不同寻常。

65 顺义：教孩子们做手工

2003 年我搬到顺义区时，那个“区”还是城市的一个发展中区域。仅仅几年后，那里开始出现狭窄的小巷，有新建的农村风格的房子，还有一个对好奇的人关着门的院子。这些当然是违法建筑，因为我注意到在一栋旧的单层房屋上加了二楼，还有其他一些不规范的地方。

2010 年前后，小巷里出现了一些市场货摊，但没有真正的商店。这些货摊对我有好处，我买到了一条缝纫机皮带。这个缝纫机是上海造的蝴蝶牌，已经有 50 多年历史了。有一天，在“村子”的尽头，我发现了一所像棚户一样的学校。没有招牌，但孩子们在外面打球，我还能听到其他人在里面朗诵课文。

校长是个女人，看见我便走了出来。我们互相介绍：我们都姓李，她说这是缘分，意味着我们有共同的命运。她的第一个问题是我能不能教孩子们英语。因为他们的英语老师不会说英语，只会“教”英语，所以我知道这是一个没有注册的学校。在过去的几年里，发生了几起“留守儿童”事件，父母去大城市打工，将他们的孩子留在南方农村，留给年迈的祖父母照顾，有的甚至没人管。因为没有北京户口，这些孩子不能在北京的正规学校上学。家长们从村里找来了“老师”，开办了临时学校。这类情况我曾通过官方信息了解到，但今天我亲眼看到了。

我很同情这些孩子，脑海里浮现出一个想法：我可以教他们用回收材料制作手工艺品！我不要报酬，只是觉得帮助别人很快乐。

我开始在这里教学的第一个星期六的早上，在一个没有暖气，脚下只是泥土地的教室里，见到了十九个孩子，有男孩有女孩。楼里没有厕所。如果我们需要水，就必须用外面的水管子。第一堂“课”不算太糟，但由于我们用彩色杂志剪成的纸条做项链，从那以后就再也没有男孩回来过。

从那天起，我有了六个“女儿”，然后变成了五个。天太冷了，我们的手就像木偶的手……在第三个星期六，我们发现门锁上了。是看门人忘了吗？我建议他们到我家里来，那里有一个舒适、宽敞、光

制作手工艺品

线充足的画室。我也有自己的小算盘：我不用带着这些材料来来回回。

一个女孩对别的孩子很不客气，摆弄起材料也大大咧咧。另一个很害羞，真遗憾。大的孩子是初三学生，16 岁，另外两个，一个 15 岁，一个 14 岁。由于年龄和受教育程度的不同，他们之间的差异很大。

我制定了四个行为准则，不断重复，直到孩子们养成习惯。

我把这些规则做成了一个板面：

01 **尊重别人。**
准时。如果不能来上课，打个电话。还有，永远不要嘲笑别人的错误。

02 **发挥你的想象力。**
像艺术家那样思考。当我们做十二生肖的时候，老虎可以有红色的条纹，猪可以有绿色的斑点，艺术就是这样！

03 **不要浪费。**
如果你需要一张 2 厘米见方的纸，从一张大纸的角落剪起，不要从大纸的中间挖洞。

04 **保护自然。**
能再利用的东西尽量利用，并以合适的方式处置垃圾。

用回收材料制作的手工艺品

在大约 12 周的时间里，她们学会了遵守规则，而且她们会互相帮助，或者互相提醒我们的规则。她们压低了声音，不再大声喊叫或大笑。她们开始表现得像受过良好教育的人。

就连我们小区门口的男人也把烟盒留给女孩们，而不是扔在大街上。我们需要不同的品牌来做一个巨大的告示牌（不是命令，只是提醒）：我们需要干净的空气。

那块告示牌有一扇门那么大。

我告诉女孩要睁大眼睛，收集所有可以"创造"手工艺品的"垃圾"材料：塑料瓶、水龙头、旧衣服、带子、松紧带、按钮……饭馆把用过的筷子给我们留着，我们制作了放在电话旁边的笔记本和笔架、废纸篓、花盆盖。

一个女孩很欣赏我的缝纫机；我教她如何使用，我们用旧牛仔裤做手提包。女孩们把她们的作品留在了我的家里，因为家里别的孩子们（这些家庭的孩子都超过了当时法律所允许的数量）会弄坏它们，但她们春节回老家时，就会取走自己的宝贝，给乡下的祖父母看。他们回来的时候，告诉我她们的爷爷奶奶们很赞赏我的工作。我又惊又喜，十分感动。

学年结束时，那名 16 岁的女孩辍学了，因为这所"临时"学校没有老师从事更高一级的教学，而且她也没有资格在北京上正式的学校。她开始在一家内衣店工作。她的老板要求她把袜子摆放得能够吸引顾客注意。那个女孩告诉我她"发挥她的想象力"，用一包包袜子在墙上摆出"袜子"的字样。我真为她骄傲！

这些手工课是我帮助别人的方式之一。而年纪小一些的孩子就比较幸运了：北京市正在为民工子弟建设一所"真正的"学校。那时我正要搬出顺义。

八

在两大洲之间（2013—2020）

66 来往于中国和加拿大之间

要么是我变老了，要么是这个世界对我来说发展得太快了。我还能坚持多久？2013 年，我卖掉了我在顺义的公寓，价格远远低于市场价，但却远远高于我十年前的买价。我在北京朝阳区租了一套房子。

奥运会似乎改变了太多东西，太快了，我再也跟不上了。我需要退后一步，重新平衡我的生活，或者我自己……

“闪光的未必都是金子。”（老杜插图）

我作了一个严肃的决定：从现在开始，我每年要花“半年加一天”（183 天）的时间住在加拿大魁北克省（居住规定的“183 天”不含期间 20 天或 20 天以内的离开加拿大的旅行）。这一要求不仅允许公民纳税（上帝知道在加拿大纳税有多高），还允许公民享受一些回报，比如医疗保险。而难民、寻求庇护者和其他非公民可以免费获得公民必须纳税才能享受的福利，但那是另外一回事了……

67 环游世界

于是，我开始环游世界。仅在本章所述期间（2013—2020 年），我去了古巴，主要是为了刷新一下我的西班牙语。我去过两次巴西——做关于中国的演讲，以及关于翻译艺术的演讲。我还到过巴拿马，一个小而精致的国家。我至少去过欧洲 20 或 25 次：到意大利、瑞士和塞尔维亚是为了参加会议；到希腊是为我的书《希腊访谈录》（*Conversations avec mes pairs*，2018 年出版）收集材料；在捷克的布拉格我写成了一本诗集，但至今尚未出版。至于亚洲，我去过越南、泰国、尼泊尔、新加坡、印度尼西亚、韩国、孟加拉国和日本。试想假如我把一生都花在北美，我可能不会想到要去这些地方。

正如我之前所说的，只有当你远离你的国家时，你才能更清楚地看到她。后来，我有两个国家要从远处观察、比较和理解，这就是加拿大和中国。

68 国际活动

2015 年，我获得第九届中华图书特别贡献奖。这是为了奖励对弘扬中华文化作出了杰出贡献的作家、翻译家、汉学家和出版商而颁布的。我也受邀参加 2017 年 7 月在北京召开的国际翻译研讨会，2018 年在北京和杭州举行的汉学家会议和中国研究研讨会，2019 年在浙江桐庐召开的一个翻译论坛。这些会议主要是由中华人民共和国文化和旅游部、中国社会科学院和其他国家级和省级政府机构组织的。

我注意到，在这些学术活动中，我与别人不同。我不属于学院派，但是这些世界范围的会议将我的名字加入了国际行列。

第九届中华图书特殊贡献奖

我的《中国故事》图书发布会（2018 年）

69 放不下的教师魂

2011 年，我出版了《中国教育方兴未艾》（*Work in progress: Chinese education from a foreign expert's perspective*）一书的英文版，对中国教育的形势进行了严厉的评说。有几个读者要这本书的法语版。在做翻译的时候，我了解到，自从习近平出任国家主席以来，我在书中提到的几个问题都得以改善。所以，2015 年推出的法文版与原版大不相同。

以下选自我 2008 年发表在《中国日报》上的文章（有改动）。“那个”问题只是必须实施的改革之一。

中国的教育制度是正确的吗？

作为一名外籍教师和职业教师，我想揭示中国教育体系中的几个问题。我们不能忽视一些正在发生的变化，比如北京的“3+X”制（3 门必修课 +1 门选修课）。这是个性化教育的开始。以前，所有的学生都要学习同样的内容，也都要忽视同样的内容。在中国大学任教期间（1991—1993 年），学校不允许我表扬在国外获得诗歌奖的学生，也不允许我表扬在《中国日报》发表文章的学生，虽然这些活动都是我教学的一部分（西方式教学）。学校当局不愿意看到冒尖的学生。现在，中国的教育机构开始采用国外的方法和项目。例如，一些学生有可能先了解课程内容，再决定是否选修。

然而，另一个问题在于，中国家庭都在努力让孩子进入“好”初中、“名牌”高中和“顶尖”的大学。这意味着教育质量还没有达到一个统一的水平。这也意味着中国的教育体制是应试教育，只看重大学文凭。而那些没有大学文凭的人则被认为低人一等。在中国，每年都有数百万年轻人报名参加高考。为什么这会给家庭带来如此多的汗水、压力、焦虑、希望和失望？有些人本可以在其他领域更快乐，取得更大的成功。在中国的传统观念里，大学教育是美好未来的试金石和成功的桥梁，而在欧洲，高等教育只是众多成功途径之一，在美国更是如此。考不上大学没有什么可耻的。

加拿大的"农民"可以是农场所有者，一个在自己的农场工作或雇佣别人为他工作的人，也可以是农业生产的投资者。它是一种职业，而不是一个社会阶级。社会既需要一个发明了科学种植方法的农学博士，也需要一个喂完了牲口、洗了澡、穿上他的意大利裁缝定制的西服、开着宝马车去到当地的农民圈子中介绍他最近的饲养实验的农民。

让我给你们讲个故事。大约在2005年，我的中国邻居有一个儿子考上了北京的农业大学。他的父母不允许他在周末和节假日回家，因为我们这些邻居可能会发现他上的是一所"失败者的大学"。相反，名牌大学的假文凭会赢得人们的赞赏。

到西方的中国游客经常会惊讶地看到知识分子拥有其他技能：一个地质学家可能也是一个乐队的鼓手或者是一个著名的摄影师；酒店管理人员可能会自行设计和制作家具；一个土木工程师可以自己装修房屋；一个医生也可以是一个足球运动员。这是西方教育理念的产物：教育要让一个人得到全面发展。

中国学生写的学术论文通常缺乏个性、缺乏特色。甚至许多中国学生在四年的大学生活中只写一次论文，那就是毕业论文。即便是这种所谓的论文，反映的也只是他们的老师想让他们思考的东西。

在北京教书的时候，我负责三个硕士生（所谓的"研究生”）。两个月时间过去了，他们还想不出论文主题。我给他们提出了各种各样的话题：他们从来没有同意。我问为什么，他们回答说："以前没有人写过关于这个话题的文章”（意思是：没有办法抄袭）或者“我们这里没有书，我只能去国家图书馆”。你想得到吗？

中国留学生通常擅长物理、电子和数学，因为他们习惯于背公式（和背诗歌）。但如果让他们在一篇关于社会或历史事件的文章中写下自己的想法，你会发现，你在一遍又一遍地阅读同一本书。在西方，从三年级或四年级（是的，从小学）开始，在每一门课程和每一个学期里，都有创造性的学习。作文必须包括参考文献、个人观点和意见，并且学生会用统计、图表等来丰富作文的内容。写好书面作业后，每个孩子给他们的同学做一次“讲座”，并回答他们的问题。我认为一个学校，无论在什么层次，都不应该仅仅传授知识，而应该传授如何获得知识的技能。在西方，在全班面前做口头报告从一年级就开始了！

在加拿大，如果学生被发现剽窃书本或抄袭同学，将立即被取消资格。虽然中国已经采取了严厉的措施来打击这种令人惊讶的获取分数的方式，但是作弊的习惯仍然很猖獗。

教学是一门艺术。我要一直重申，一个人仅仅是外国人并不意味着就是个专家，并不是所有的母语为英语的人都是合格的教师。

随着中国努力改善教育，与世界一流大学和名牌学校的合作也得到改善。应鼓励发展国际会议、人员交流、奖学金制度和联合办学。不仅中国会从这种合作中受益，海外大学和企业也能得到更多他们需要的合格员工。一些跨国公司促进交流便是出于一个实际的理由：培训当地人才，以支持它们在新市场上的战略。

已经做了许多工作，但仍有许多工作要做。

一纸文凭

什么是文凭，不就是一张纸吗？然而，谁会放手不要呢？社会就是这样，没有文凭，许多门就会关上。如果一个人敢于不带着这张纸去面对工作机会，别人就会盯着他看，就像他做了一个下流的手势一样。

如果一个人假装自己是知识渊博的，假装自己拥有一项任务所需的有用甚至是必不可少的能力，但是却没有一张合适的“纸”来证明这些技能，那么，这难道不是有失体面的吗？说到这里，别怪我要哑然失笑了（如果我能不出声笑出来的话），我知道有多少学位是假的，尤其是在中国。

一些大学教授已经被解聘。一些著名的公司高管已经下了台。就是因为发现了他们靠文凭做假才得到了有声望的职位。

2007 年 6 月，1000 多万年轻人参加了高考，567 万通过了考试。由于大学容量有限——只有 270 万个位置——10 个考生里有 7 个无法被录取。小于 30% 的考生有“机会”在入学四年后得到一张“纸”。首先我们应该承认，那些失败的考生不一定是没有才华的，只是他们不在最佳之列。这与其说是教育问题，不如说是社会问题。

那些没有考上大学的人怎么办呢？一位 23 岁的女孩在三年前落榜后，开始跟父亲学着刻蛋壳。另一位想第二年再考，但亲戚朋友劝她不要这样做，因为年轻的学生甚至老师都会取笑她。她大哭一场，放弃了自己的计划。每个月她都会换工作和住处，租住在每月不到 300 元的地下室。

有一位因经济原因无法上大学的年轻人，在安徽开了一家钢板厂。25 岁的他现在已经是私企老板，生意做得还不错。

有的人因缺乏自尊心和自信心而灰心丧气，或陷入抑郁症，甚至以自杀告终。

另一些人则在挫折面前焕发出新的热情。一位年轻女性说："没有文凭，就很难找到一份方便而有趣的工作。人们把你看得一文不值。就业市场的竞争异常激烈。" 但她获得一个机会被聘为一家健身中心的接待员，那里的顾客大多是外国人。生活没有青睐她，但她通过自学英语给自己提供了一个机会。她建立了一张"关系网"，这样，尽管没有文凭，她的"人脉"可以帮助她以后找工作。同时，她还在临时工作经验的基础上增加了一般的市场经验。如今，她有了新的自信，英语口语比那些主修英语却没有机会实践的大学生要好得多，也积累了学校没有的社会知识，她已经做好了再次面对竞争的准备。

在这种情况下，必须改变的是人的心态。一个人并不是因为没有上过大学就一无所有。人们也可以在体力劳动中发挥自己的聪明才智。如果在一个社会里，只有知识分子，而没有与之交往的服务人员——机修工、水电工、警察或卖报的人……（他们受过良好的专业训练，能够发挥自己的实用技能），那这个社会还有什么价值呢？

我们不要再看不起那些没有文凭的人了，他们的其他技能甚至超过了书本知识。生活经验的价值，不亚于能背诵一摞厚厚的书本的本事。

关于书法教学：2011 年，一次电视书法比赛后，一个中国人特有的问题被曝光。中央政府意识到了这个问题。下文选自我在《中国教育方兴未艾》中写的一段。

手写字

在电脑键盘上快速打字的孩子能在纸上正确书写吗？中国教育部发言人表示，中小学在继续开展电脑汉字输入教学的同时，必须高度重视手写工作。在拉丁字母键盘的基础上输入汉字的方法有很多种，但目前最时髦、最简单的无疑是使用汉语拼音。

自从我开始使用电脑书写中文后，自己的手写能力大大下降。在屏幕上识别出所需的字，输入它的编号，将这个字选用到文章中是一回事，而记住字的构造，不用查字典就能用手写出来又是另一回事。

在希腊语中，“书法”一词是由“美丽＋书写”组成的。中国书法会消失吗？

写出正确、可读、好看的汉字，是语文学习的基本功。有良好的练字习惯，能够流利地书写，并具备一定的书法鉴赏能力，在今天仍然被认为是一个有文化的中国人起码的要求。

学习写字不仅有助于陶冶性情，而且有助于审美判断。写字可以提高学生的知识水平，加强对语文的热爱，特别是加深对民族文化的理解。学习如何一笔一划地写出一个字，思考字根和字音的含义，不仅有助于记忆正确的字形，而且有助于理解字的起源、历史、内容和与其他字的关系。汉字的书写有一个整体的哲理，只有通过耐心的训练，一笔一划的练习，才能发现。书法艺术还能培养艺术创造力。

应高度重视儿童写字时的身体姿势，以及他们手握毛笔（铅笔）的方式。

教育部多次提供关于写字教学的指导，但据我询问的家长说，这些指导并不总是得到执行。学校的课程中必须包含练字，老师必须引导学生养成正确、漂亮的写字习惯，老师自己也要为人师表。家长们说，他们念书时，老师很看重写字；但有几位家长说，他们的孩子写字“只是为了做功课”，即使他们写错字，字迹难辨。

1998年启动了小学写字教学实验项目。比如，从2001年9月起，在全国38个实行教学改革的试点，加强了写字训练：每周一节课，或在中文课上加入写字。学生写字的姿态也得到特别注意。举行书法比赛以提高人们对手写汉字的兴趣。此外，还举办了汉语教师培训班，旨在提高教师的粉笔、钢笔、毛笔书写水平。此外，根据教育部的规定，学生的书写实践和书写能力将成为评价一个教师能力和一所学校质量的标准。

在我采访的成年人中，有一半经常使用电脑工作的人承认，他们已经失去了一些汉字书写能力。虽然中文是他们的母语和学习用的语言，但他们经常写错字，曾经记得的字，现在不得不去查字典。如果我们不重视这个问题，那么，还没有掌握正字法和书法的孩子，一开始就使用电脑，会怎么样呢？我认为，包括写字在内的语文教学改革亟须推广到试点之外，并在全国范围内严格执行。

来，我告诉你一个秘密。我本人从来没有喜欢过书法——无论是练习或是欣赏。

书法，英文是“Calligraphy”。“Calli”在希腊语中是“美”的意思，就像卡利皮格女神(Callipyge)的名字一样。我自己的书法（拉丁字母，撇开汉字不说）是那么的……不能说“不好看”，但算是“不值得欣赏”。这可能因为我是个天生的左撇子。但在我成长的环境中，左撇子被视为一种可怕的东西，左撇子孩子被视为“恶魔之子”，必须受到惩罚，才能够让他们“学好”。对于那些大人可以控制我的事——比如吃饭、刷牙、写字——我被迫使用右手，而母亲不在身边时，我就偷偷改用左手画蜡笔画，或者站在木箱上洗碗——从我6岁开始。还有，从8岁开始，我每天为父亲熨烫白衬衫时，提防着危险来临，随时准备换手……

“你说这字能看懂吗？”（老杜插图）

今天，家长和教育工作者对这个问题有了宽容的看法，左撇子只是一种特征罢了。

70 出国留学

中国父母经常问我对送他们的孩子去国外留学的看法。我通常不赞同，因为很多中国孩子在出国之前，还没有被培养成“独立”的人。他们留在国外需要可怕的开支——如果把这些钱花在中国，反而可以帮助中国教育的发展！到了国外，这些孩子和其他中国同学粘在一起，他们在宿舍或吃饭的时候都说中文，英语学习的效果约等于零。

中国有大规模的青少年出国到澳大利亚——一个欢迎他们的国家。当然，这个国家欢迎他们，无非是冲着这个留学体制背后的金钱。但是这种留学从来没有“产生”（据我所知的）能够流利使用英语的中国学生。六个月以后他们度假回来探亲的时候，英语还是结结巴巴。以下是我在2011年写的一篇文章。

留学热是否在伤害中国的学校？

许多中国学生把外国大学的学位看作回国后获得更好职业的敲门砖。在我看来，家长们应该在本国进行教育投资，并鼓励进行学校改革。

每年有成千上万的中国学生到海外求学，特别是到日本、欧洲、北美、澳大利亚，还有中国的香港。如今，本科乃至中小学学生出国留学也日益盛行。

有观点认为，出国留学人数上升是因为城市居民对中国教育体制的不满。据零点调查集团 2008 年对 3555 个城市居民的调查，有 40% 的人认为，中国教育的质量不值得他们投资。只有 16% 的人认为，投资于中国教育能够得到好的回报。

有一种潜在的危险趋势，越来越多的学生放弃高考，谋求到海外留学。2009 年，决定不参加高考的高中毕业生占到 10%，这一比例在过去三年里连续上升。教育部统计，截至 2010 年底，在国外留学的人达 127 万。

面对中国教育系统的“人才流失”及其对中国学校现代化的长期影响，专家们倍感焦虑。

吸引学生离开中国学校的原因之一，是中国国营和私营企业给予海外学校毕业的学生优厚薪酬。另外，国外学历带来的社会地位的提高和优越感也在吸引着他们。

中国是世界上最大的留学生出口国。全世界留学生中，15% 以上来自中国，这使得中国成为外国教育产业的“金龟婿”。

外国学校所具有的教育优势在中国还很欠缺。国外老师们使用科学的方法激发学生的创造力和批判思维的能力，鼓励学生们通过实践和发现进行学习，促进学生在脑力上、精神上和体质上的发展。跟中国的大学相比，外国大学也更多地强调课外活动。

尽管海外学历有诸多好处，拿到外国学历并不总是学生最好的选择。有的中国学生需要面对如何适应外国语言和文化的问题。

曾经留学加拿大的周志成教授说："很多年轻的中国留学生根本不能适应国外生活。大部分中国家长不了解其他国家的教育体制。他们只是把孩子送上了一条冒险的路。"

另外，一些学校利用"留学热"赚钱。这也使得一些家庭面临风险，上当受骗，钱没少花，买到的却是劣质教育。

美国已退休的心理学家朱利安·R. 塔普林（Julian R. Taplin）说："在某种情况下，学校招生部门会制造出美丽的光环，在中国市场促销。一些资金短缺的学校无疑会发现中国的自由市场是一个救生圈。"

除了海外学校在中国大力开展推销活动以外，这些学校的名声也在中国被吹得神乎其神。中国有一大批留学中介，他们的生意就是向学生收取介绍费和吃海外学校的回扣。其结果是，介绍给购买这些中介服务的学生的，并不总是最好或者最货真价实的学校。中介机构为了自己利润的最大化，也把读取海外学位的难度说得易如反掌。

2007 年，《中国日报》报道，澳大利亚大学毕业的外国学生大部分是亚洲人，"英文之糟糕，从一开始就不应该被录取。" 43% 以上的中国学生的英文能力不足以在澳大利亚从事专业工作。这项研究认为，外国学校录取留学生的标准可能受到了赚钱欲望的支配。

如果中国不进行教育改革，中国学校和外国学校在质量和名声上的差距将不会缩小。国内知名大学，像北大、清华和复旦应该带头去进行这种现代化的努力。

深圳的南方科技大学正在进行一项可能会改变中国教育面貌的大胆试验。这所大学不属于国家教委。推动这项试验的朱清时教授说，这可使该校脱离官僚体制的繁文缛节，集中精力提高学术质量。目前就读该校的 45 名学生勇气可嘉，他们将于 2015 年完成学业。校方表示，尽管有各种风险，教育改革的方向不会偏离。

改革总要有个突破口。朱教授的试验富有勇气，应予接受并加以推广。

还有一个钱的问题。1994 年以前，中国的大学里，有幸被选送上大学的学生是由国家支付学费的。这些学生或者学业优异，或者知道如何通过“后门”进入大学。当然，必须由家庭付学费时，只有富裕的家庭才能负担得起，而其他学生则是给公司或组织代培的，最终这些公司或组织会成为他们的雇主。

有些人（似乎）认为学习语言需要一本教科书。那么，还是那句话，你能告诉我你妈妈用哪本书教你母语的吗？如果中国把教育视为一个产业和一个市场，并提供有吸引力的条件，它将不仅能保住正在流失的巨额资本投资，还能保留其人力资本和知识精英。中国必须抓紧时间采取行动：看看有多少外国学校“入侵”这个国家，更不用说有多少学生离开中国出去求学……也许永远不再回来。

71 两个孩子，好！

根据 20 世纪 80 年代实施的“独生子女政策”，拥有农村户口的夫妇可以生二胎，前提是他们的头胎是女孩，且女孩已满六岁的时候。这是因为农活需要壮劳力。政府官员，包括教师，不能享受这项政策。根据 2005 年的规定，他们如果超生，不仅要和其他违规者一样缴纳罚金——八万，而且会被解职。我个人就认识这两种情况下的被罚者。

以下两段选自我在 2016 年写的一篇文章，收在《北京的变化》（*De Pékin à Beijing – Souvenirs à la carte*）这本书里。

你想要几个孩子？

自 1979 年以来实行的“一对夫妇只生一个孩子”，无论被称为措施、政策还是法律（1984 年），都是一种必要之恶，不管人们怎么说。首先，我想说，杀害或遗弃婴儿一直是一种应受惩罚的罪行。虐待事件时有发生，村长强迫妇女堕胎，但这种控制人口的手段从来不是法律提倡的。为了减少选择性堕胎，中国甚至禁止医生透露胎儿的性别。但是有钱能使鬼推磨。

这项措施最初造成了严重的性别失衡，影响了婚姻的缔结（湖南省男女比例高达 145:100），以及致使数百万儿童未被登记。一项调整是：在 19 个省份的农村地区，允许头胎是女孩或患有严重残疾的男孩的夫妇生育第二胎。这一例外适用于 53% 的人口。因此，孤儿院 95% 的孤儿是女孩。少数民族群体（11%）享有更宽裕的生育权利。因此，藏族人可以生三个孩子，维吾尔人可以生四个，但很少有人能从中受益，因为生活很昂贵，而我们现在也明白了教育的重要性。

在中国，孩子要对年迈的父母负责，而随着预期寿命的延长和生活条件的改善，独生子女将承担起赡养父母两人和祖父母四人的责任。

首先是在2008年，政府提出，如果一对城市夫妇（约占人口的36%）都是独生子女，他们可以生第二个孩子。但根据民意调查，很少有合乎这个条件的夫妇会利用这项新措施。关于丁克夫妇，人们谈论了很多。他们受过良好的教育，有一份满意的工作，不想让孩子阻碍他们的职业发展，也不想面对高昂的教育成本，因为他们将不得不牺牲自己舒适的生活方式。

在实行了30多年的独生子女政策后，中国已经达到了这样一个阶段：无论是在城市还是在农村，都没有足够的年轻人来帮助年迈的父母和祖父母。人们会更健康，活得更久。一对年轻的夫妇可能需要赡养四位父母和八位祖父母……这种情况必须得以改变。

虽然“一对夫妇只生一个孩子”让中国不必依赖其他国家养活自己，但留给中国自己的却是危险的人口老龄化问题。2013年11月又有一项新的建议：在生活条件允许的情况下，给予城市中夫妇一方是独生子女生二胎的权利。但在可以享受这个政策的1100万对夫妇中，只有70万对在18个月后表达了想要二胎的愿望。

2015年10月29日，中共中央委员会提议彻底废除独生子女政策，并宣布从2016年1月1日起，所有夫妇将被允许生育两个孩子，以实现人口的年轻化。这个政策能否成功是难以保证的，也许已经太迟了。

生孩子：权利还是义务？

在中国，由于法律限制一对夫妇只能生一个孩子，没有孩子的婚姻对父母这一代来说几乎是一件丑闻，至少对年轻一代来说是一种反常现象，除了那些“丁克”夫妇。矛盾的是，农村家庭，特别是社会上最贫困、受教育程度最低的家庭，都是多生孩子的家庭；而城市家庭，富裕、受教育程度高的家庭，要么严格遵守法律，要么做得更过分：干脆一个都不生。

为了提高中国人口数量，一些省市提议给予“高学历”的人多生一个孩子的权利。这样一个建议，甚至仅仅是针对这个问题表达的一个简单的意见，都不会让社会无动于衷。例如，在江苏省，反响和争论就很激烈。在我看来，这是因为省级人大的这个“礼物”与强制“低文化水平”人群，特别是农民遵守计划生育政策形成鲜明对比。

授予所谓高智商夫妇的这一特权，我认为没有必要成为法律的修正案。首先，当人们非常清楚大学文凭——包括博士学位——并不能保证其持有者拥有“高智商”或高的生活水平时，如何充分定义谁是“高智商”的夫妇？其次，众所周知，目前的“丁克”夫妇大多是受过教育的人。允许他们生两个孩子会改变他们不要孩子的决定吗？他们的父母一直求神拜佛似地希望他们能给自己添个孙辈，或公开要求他们生孩子。在这种情况下，如果他们不领政府的情，他们的父母会不会加倍对他们施压，甚至会弄到让他们和父母一刀两断的地步？

计划生育法律应该怎样放宽？是不是这样做更好：如果一对夫妇相信他们有足够的经济、社会和文化能力养大一个以上的孩子，他们可以向政府提出申请，由政府调查这对夫妻的生活方式和可以成功把第二个孩子培养成为一个杰出的公民的概率。设想如果有人打算收养孩子，不就是这样审核的吗？而这样的审核从来没有人反对过。

把多生孩子的权利给予所有符合生二孩条件的人，几乎就是在他们身上强加了一种义务。父母可能会对那些不利用这种权利的孩子说："忘恩负义的不孝逆子！多年来我们出钱让你上学，你就是这样回报我们吗？"邻居们也会嘀咕："看这两口子，多自私啊！他们有权利要两个孩子，但却放弃了这个机会。"邻居们还会八卦："他们肯定不能生育。不知道是他还是她……"

进一步讨论之前，我想提醒读者，虽然计划生育法律似乎很严谨，有很多的人不受限制，比如少数民族家庭，跨国夫妻，农村家庭头胎是女孩的，第一个孩子有身体或精神残疾的，夫妻双方都是独生子女的，等等。但我必须再次强调一个事实，一些地方政府对违规夫妇采取的可耻的措施——全世界都知道的——是地方上的土政策，是错误的，应该受谴责的。实施这种措施的人，一经发现就受到了严厉的惩罚。

我从教多年，知道孩子的素质通常取决于父母的素质。在一个经常去听音乐会、参观展览和喜欢读书的家庭里，孩子们在学校里能创作出更好的作品，写出更丰富的研究报告，发展出更丰富的想象力和更强的判断力。然而，说到权利，接受高等教育并不意味着一个人必须比其他人享有更多的权利。把社会给予公民的权利建立在他们学历高低上是一种歧视措施。

此外，这种特殊权利的想法从一开始就让我反感，因为它的理由是人口优生学，这可能会让人想起纳粹的罪行。与其让受教育的家庭多生孩子以增加知识精英的数量，不如通过发展高质量的教育和普及教育机会来提高人口的整体教育水平，后者更紧迫、更有利、更实际。

一方面，较高的教育水平并非总能带来相应的高工资，从而为儿童提供更好的教育条件。另一方面，受过教育的父母可能比其他人更了解他们的孩子需要更广泛的知识，因此他们愿意让孩子获得更多校外知识，让他们参加体育活动、学习音乐、旅游、去剧院、参观博物馆等。而这一切都离不开钱，那些收入高于平均水平的父母常常说，如果他们有第二个孩子，钱可能就不够花，会影响他们给独生子女提供如此丰富的教育。

我听说精英学生中有很大比例来自农村。对此我不敢肯定，因为我只是多次听到这种说法，但没有看到官方统计数据。如果这是真的，那么这些年轻人就可以说是优上加优的学生了，因为富裕家庭的孩子就算平庸也往往可以在学业上继续深造，而农村的孩子往往在九年义务教育后就被淘汰了，所以农村孩子能在大学站稳脚跟的应该说都是“人精”。

孩子的第一位老师是母亲，在中国和世界其他地方都是如此。一个受过教育的母亲更有可能知道如何对她的孩子进行良好的道德、社会和家庭教育，如何治愈身体和心理创伤，如何鼓励面临困难和挑战的孩子，以及如何在孩子的奋斗和努力中给予支持。与其只强调独生子女政策，为什么不集中精力提高父母素质，从而一举消灭教育贫困和物质贫困呢？

72 新疆教育

在教育领域，各个部门都在不断改进。曾几何时，志愿教师还得在山里四处召集十几个不同年龄的孩子，为他们准备早餐。学校里由大孩子教小孩子……但事情已经完全改变了。义务教育（九年）从 20 世纪末开始实施。到 2007 年，全中国的义务教育普及率已达到 93.6%。而在新疆，当时的普及率已达 100%。

教学班的学生人数不断缩减、教师不合格的现象已成为过去。2006 年前后，我到条件最恶劣的偏远地区访问时，赞扬了那些尽心尽力、慷慨大方、利用现有条件做出优秀业绩的教师。

我惊讶地发现，即使在这样的地方，计算机也已被用作教育工具。学生们不是伸长脖子去看展示在全班面前的地图，而是仔细地看屏幕上的地图；老师不是在黑板上画几何图形，而是告诉学生如何在电脑屏幕上看到这些图形。

介绍如何使用电脑（新疆）

2005 年，尽管村里已经通了电，但在新疆北部阿尔泰的一所学校还没有通电。然而，这并不是最大的问题。与我交谈过的一位年轻的哈萨克老师说，他发现在一个都是哈萨克学生的班里使用汉语极其困难，因为他们与汉族没有接触，也从来没有听说过汉语。就连这所学校的老师说汉语时也带有很重的口音。另一个问题是城市和农村学校之间的资金差距。2002 年，77% 的政府教育投资流向了城市学校，而人口占 60% 的农村地区，这一比例仅为微薄的 23%。

虽然政府支付了很大一部分教育费用，甚至在国家认为需要帮助的地区支付了全部费用，但在改善学校建筑、教材和教师培训方面仍有很大的资金缺口。受教育程度的差距后来体现在工资差距上，这是不可避免的，并造成了新的恶性循环。清华大学有报告称，2000 年农村学生的入学率比 10 年前下降了 4.1%。

修建新校舍或改善旧校舍远非是锦上添花的事，而是迫在眉睫的。一些校舍根本就是危房，屋顶随时可能倒塌，威胁到孩子们的生命。

几乎所有的教室都人满为患。内蒙古某学校共有 960 名学生，分成 13 个班，平均每个班 72.3 人。孩子们在冬天受冻，连个火炉子都没有！在新疆，我看到一所维吾尔族学校，一位优秀的英语老师独自教 62 名三年级的学生。

浙江省一半的学校将学生人数从小学的 36 人减少到 24 人，从中学的 40 人减少到 26 人，如此一来，教师可以提供更为个性化的教学，但这一努力增大了教师人手的压力。

除了以上问题外，教师们也没有收到与其能力和经验相匹配的工资待遇。在西北的一所学校，92 名教师中只有 40% 具备起码的教学资质。2003 年，23 名教师离开岗位，取而代之的是一些好心从教的人，但其中 8 人没有接受过教学方法的培训。这种情况造成了人才流失。

全国九年义务教育普及率达到 93.6%，新疆九年义务教育普及率达到 100%。虽然是强行推行的，但是值得！然而，仍然有相当多的儿童不能上学。

为了吸引教师到发展中的西部地区任教，政府鼓励刚毕业的大学生去那些地方支教几年，作为回报，他们不必偿还学生贷款。这种解决方案不是万灵药。一方面，从偏远地区到城市学习的学生不愿意回家；另一方面，在这些贫困地区教书的志愿者大多技能不高，导致了越贫困、教育质量越差，教育质量越差、越贫困这样新的恶性循环。整个国家都是如此。

尽管如此，中国可能还会成功，因为她知道如何创造奇迹。罗马不是一天建成的。假以耐心，假以时日……我们会前进的，一步一个脚印。

新疆维吾尔自治区是中国最西北的省级行政区的全称，在那里可以找到 56 个民族，而不仅仅是维吾尔族。下文根据我的《这些新疆人》一书中的故事改编而成。

同行见同行！

在中国生活以来，我在全国各地旅行时都特别关注教育。也许是30年的教学生涯影响了我，但我也坚信一个国家的进步依赖于她的教育体系。

2005年6月，我和在《北京周报》工作的一些操各种语言的外国专家一起访问了新疆。布尔津县窝依莫克的学校良好的条件令我印象深刻，他们对我们的热烈欢迎也令我感动。那是一个星期天。学生们被要求在正常的假日上学，然后改为周一放假。他们在校园里为我们安排了一场歌舞表演，然后安静地回到了教室。我们照相机的闪光灯以及我们在他们的桌子之间来回走动并没有让孩子们感到异样。随后，校长和老师们准备了丰盛的晚餐，最后，晚餐在舞蹈和笑声中结束。我们告别的时候，都说“下次再来”“你还会回来的”，但在内心深处，我知道再也见不到这些人了，再也见不到这片远在新疆北部的偏僻土地了。

但在2008年，写这本书所需要的采访给了我一个新的机会。我请求采访一位年轻的男教师帕兹利·哈布哈赫（Pazli Hablhahe），我在之前的访问中发现了他是一位很有感知力的人。但有人告诉我他已经离开那里了。我虽然失望但并没有放弃，转而去采访了校长。

飞机在伊犁和阿勒泰之间飞行了50分钟，降落后我被立即送到布尔津，这是90分钟的车程。还有另一辆车等在那里，48岁的校长巴赫铁汗·萨利姆巴赫（Bahetiehan Salimbahe）和布尔津新闻部门的领导巴河提别克·阿赫穆罕（Bahetibek Axmhan）一起来接我。司机把我们带到莫艾巴村（Moaibas）学校。巴河提别克·阿赫穆罕担任翻译，将哈萨克语翻译成汉语。在满是石头的狭窄土路上，汽车扬起了尘土。我想，和两年前相比，一切都没有改变。我问自己，蚊子会不会也一样多？是的，这里有蚊子，它们一点也不害羞！它们没有错过这个伟大的机会，来享受来自远方的新鲜血液。

校长打开了木门上的小锁，我们走进了他的办公室。学校内外一个人也看不见——暑假早就开始了。他们请了一位会说中文的女老师瓦西娜·塔伊曼（Wasina Taiman）来见我。这是我第二次见到她。第一次见到她时，她教过我哈萨克舞，我把我的丝巾作为礼物送给了她。她并没有忘记我，看到这一点，我感到很温暖。

巴赫铁汗·萨利姆巴赫非常认真地对待这次采访。他坐在桌前，回答我问题之前都要思考一下。同时，他也问了我一些问题并且用哈萨克语做笔记。校长向我证实，九年义务教育的普及率一直保持在100%，不仅他所在的乡镇如此，新疆各地都是如此。学校教育和教科书都是免费的，孩子们不需要支付任何学费。正如门上的一块铜板所示，窝依莫克学校是在中国青少年发展基金会的社会福利教育项目——希望工程的支持下开办的。

从当地分布的哈萨克式的墓地可以看出，布尔津县居住着哈萨克人。他们以前是游牧民族，政府鼓励3415个家庭改变他们的生活方式。为此，给他们分配了土地来种植玉米和牲畜饲料。游牧家庭的孩子过去常常跟随父母、牛群转场，因此，他们无法接受教育。现在，他们能够上学了。事实上，五分之四的家庭待在家里，而五分之一的家庭在夏天把所有的牲畜都带到山里的牧场。他们向我解释说，冬天一到，牧民们就带着牲畜回来，把它们安置在房子附近。两次收获的饲料对他们来说足够了。而以前由于严冬和大雪，牲畜可能会饿死。2005年，定居率约为86%。另一个难以想象的奇迹出现在了这片曾经的戈壁上：人类从沙漠手里夺回了数千公顷土地。

现在，这里的学校随处可见。一般来说，学校必须建得离大家住的地方足够近，这样孩子们一天走的路就不会超过 12 千米。每个方向的平均距离实际上是 5 千米；所有的窝依莫克学生都是如此，除了 15 名步行或骑自行车上学的学生以外。这 15 名学生每天来回的距离超过了 12 千米。不用说，这些孩子在学校吃午饭。

窝依莫克在 2005 年有 248 名学生，现在有 232 名，他们都是哈萨克人。女孩比男孩多几个。从前是 21 名教师，现在 10 个班有 20 名，其中包括两个学前班。我问有 22 名学生的三年级老师帕兹利·哈布哈赫 (Pazli Hablhahe)，他的主要困难是什么。他回答："首先，物质上的困难，因为我们学校没有电；其次，教学上的困难，因为教孩子中文，孩子除了在学校以外，从来没有听过中文，所以很不容易；第三，还有后勤方面的困难，因为孩子们必须走很远的路，而且很累。"在二年级的第二个班里，有 37 个学生，3 个学生坐一条板凳，所有的科目只有一个老师教。我还注意到老师们说中文的口音很重。大多数人的中文足以通过笔试，但他们几乎不能进行口头交流。这一情况当时还没有改变。

新疆的欢迎仪式

读我的书

帕兹利离开这里对他是有好处的。他后来在布尔津的一所高中教政治，他的家人就住在那里，这使他的生活更加方便。在窝依莫克，一所学校的校长月薪只有2500元，教师的月薪从1200元到2500元不等，其中包括按能力和资历发放的奖金。他们享受医疗保险和养老基金。

在暑假期间，孩子们有家庭作业要做，他们每个月都要回学校与老师见面并上交完成的作业。

我问这所学校在两年内完成了哪些改进。校长很自豪地回答了我。第一，计算机教学。一个有大屏幕的便携式电视可以从一个教室移动到另一个教室。中央政府为学校提供了两台电脑，也用于学校的管理。在它们旁边，我看到了一台打印机、一台复印机和一台打字机——都是可以存进博物馆的老款式了！第二，孩子们从一年级开始学习汉语。汉语教学由四名哈萨克教师授课，他们均毕业于乌鲁木齐或昌吉高等教育机构，具有1至4年的教学经验。第三，教师公寓和周边环境得到改善。第四，教师轮流赴乌鲁木齐或其他地方进修。这些课程的经费部分由学校资助，部分由布尔津教育局资助。

“莫文巴村的所有孩子都在当地的学校上学。”那位女同事用中文继续说道。因为巴赫铁汗·萨利姆巴赫不会说中文。在中学，孩子们上寄宿学校，这些家庭只需缴纳餐费。最优秀的学生，约占15%，会被选入石河子大学所属的一所高中继续学习，或进入国家其他地方的哈萨克语特殊班级学习。

学校图书馆由四个书架组成，书有中文和哈萨克文的，都是由中国青少年发展基金会提供的。

我们浏览了法文和英文版的杂志，这些杂志上发表了有关新疆的文章。巴赫铁汗只能看照片。然后，他问起我的家人，我也问他他的家庭情况。我得知他有三个儿子，老大是一名司机，老二刚从高中毕业，最小的在上中学。

巴赫铁汗的妻子 46 岁。她也是窝依莫克学校的老师。那天晚上，她和我们一起吃了一顿伴随着音乐的晚餐，很显然，当我试图跟着她跳哈萨克舞蹈时，我无可避免地看起来很傻。

73 特朗普又错了 [8]

2019 年 12 月，我听说美国总统特朗普再次多管闲事，我惊讶地说了一声“哦！”

不久前他刚刚又一次干涉过中国内政，为香港地区的暴乱行为说话，主张要给那些人行使自己“权力”的自由。在此之后，似乎是舍不得离开舞台，美国总统又发布了一项名为“2019 年维吾尔人权政策法案”的法律，由美国众议院通过。特朗普是世界上最不道德和最受憎恶的人之一。他来提出维吾尔人的人权问题，是不是有点奇怪？

为了维护 14 亿中国人和他们的政府的意志——不仅维护国家统一和领土完整，而且维护社会的稳定和国家的快速发展——中国政府立即对美国无耻的干涉表示了异议。

我不是中国人大代表，也不是中国共产党党员。在中国生活了近30年之后，有人问我是什么把我留在这里的时候，我坦率而热情地回答说，是因为有助于中国发展的那种统一。中国由一党领导，邀请“小党”合作建设国家。因此，不需要浪费时间进行竞选活动，不需要浪费无用的开支。

特朗普所谓“2019年维吾尔人权政策法案”的法令散布了对中国政府在新疆采取的措施的不实指责。据中国反恐办公室和新疆地区政府声明，他们实施的一些措施仅旨在打击恐怖主义（由外国分子支持的）和维护社会稳定，这是保证持续和稳定的发展，以及维护和改进新疆的人权状况的唯一途径。

2007年，为了给写作《这些新疆人》收集素材，我总共花了6周时间采访了至少50个新疆人。这是我第四次或第五次访问新疆。多么难忘的经历啊！我被允许选择维吾尔自治区所有民族的人：男人和女人、富人和穷人、受过教育的人和文盲、语言学家、农民、医生、阿訇、手艺人、餐馆老板、学生。我仍然与他们中的一些人保持着联系，我能“近距离”地看到，正如中国的其他地方一样，在新疆，教育和社会的发展都是政府全力推动的。

2019年底，电视观众观看了一档系列节目——《今日新疆》。节目中，之前被说成是“失踪”（即“被送去劳改场”）的维吾尔人出面接受采访。义务教育和汉语学习让维吾尔人（包括女孩）能够在北京、上海或其他地方完成学业，并参与到这个伟大的多民族国家的生活之中。通过接受教育和掌握官方语言，他们可以见识现代生活，并改善其住房条件、医疗保健、公路运输和农业等。

有一件事既让我开心又让我骄傲：有好几次，在新疆或北京，汉族出租车司机或维吾尔族餐馆老板都以为我是维吾尔族人（我不是，但我很自豪）！

---

[8] 本文曾在网上发表，此处有所改动。

九

尾声
和一个呼吁

74 中国变化一览

前面提到的我的一本书《北京的变化》（*De Pékin à Beijing Souvenirs à la carte*，2016 年出版），其实是为庆祝我在中国工作 25 周年而作。当然，在本书中，我又把它作为参考。

以下是我在那本书中提到的中国在 2015 年之前的十年中取得较大进展的领域：

1. 生态

2000 年以来，“**蓝天**”的天数明显增加，达到或略超过目标的情况居多。“PM”的浓度在不断下降。各种废弃物和废水的处理正在取得显著进展。

为了**减少交通拥堵**造成的**废气排放**，“单双数政策”允许车牌号码为双数或单数的车辆间隔上路行驶。但一些公民通过拥有两辆车（分别登记在夫妻名下）或两个车牌来规避这一措施。这些人真是“好公民”……

电动发动机取代燃油发动机对净化空气起到了一定的作用。电动汽车和电动公共汽车不再是一件奢侈的事，而且大量的共享单车及其方便的付款、借用和归还的方式鼓励了许多市民不开车上街。

在社会层面上，人们越来越意识到**节约水电资源**和**保护森林**的重要性。例如，减少每天耗损可达数十亿双的一次性筷子的数量。这让我想起了王府井步行街上的一个展览，在那里，艺术家们用一次性筷子做成了艺术品。“自备筷子”（当然是可重复使用的）的口号已经出现了好几次，但措施的效果仍然很差。在某些情况下，筷子尺寸的缩小让人觉得用起来不方便。向食客收费吗？他们宁可付费，也不想自己携带筷子。解决办法似乎在于使用可清洗、可重复使用的筷子，而不是木制的一次性筷子。

垃圾桶随处可见，而且由清洁工定期清理——他们值得我们的尊重。生活垃圾被分类收集，并分别进行相应的处理。当然，并不是所有的市民都相信垃圾分类的重要性，我们仍然能在厨余垃圾箱或纸张垃圾箱中看到电池。

回收**废纸**和数以百万计的**玻璃瓶**和**塑料瓶**可为一些人提供生计，他们还能以此供孩子上学。中国如此庞大的人口，使得什么数字都是天文数字。例如，用聚苯乙烯泡沫盒把剩余的食物带回家，一方面避免了食物的浪费，但另一方面，也造成了不可忽视的污染。

燃放烟花已经被禁止了——这太悲哀了，但为了环境着想，不得不这样做。

公共交通工具不仅现代化了，而且和私家车一样干净。

2. 社会

社会行为有了极大的改善。在街上**吐痰**的坏习惯已经消失了。违规者将被处以重罚。

道德观和社会价值观也发生了革命性进化。然而，**礼貌**却倒退了一大步。好多儿童和年轻人似乎不再接受尊老的教育。当地人不再把外国人视为“尊贵的客人”，而是把他们视为给人添麻烦的人。外国人打听什么事，他们要么干脆不理，要么戴着耳机冷冷地说不知道。遵守时间——被称为“国王的礼貌”——已经长期得不到人们重视了，因为有太多的因素让人们无法守时。

一些西方的习惯，例如**握手**，甚至**拥抱**，已经融入了中国文化。在过去的几年里，我们随处可以看到中国人拿着一束花在机场等候家人。

隐私已经受到重视：中国客人在没有受到你的邀请下不会打开你的相册，也不会看你放在桌上的信。只是，红灯停、绿灯行的规则还未被严格遵守。

关于**食物**：白菜不再是过冬“蔬菜”了。进口食品来自世界各地。意大利糕点和加牛奶的咖啡对年轻一代的中国人来说已不是什么秘密，而羊肉串、煎饼果子、糖葫芦、红薯等所有可吃的东西也很少在路边上卖了。对于那些在家吃饭的人来说，米饭在饮食中已经失去了重要性。年轻夫妇现在都不做饭了。当你可以在家里吃到很快送来的外卖时，为什么要自己做饭呢？从餐馆把剩菜带回家不再是可耻的行为，而成为一种规则。

家庭重要起来了。从 2016 年 1 月开始，**独生子女政策**被废除（但可能为时已晚）。有些年轻夫妇认为有两个孩子是太大的负担。与西方国家相比，中国的退休年龄要低得多。人们的健康状况改进了，寿命延长了。55、60 的退休年龄（在某些情况下是 52、57）意味着更年轻的工人有更多的工作机会。其他发生变化的**家庭事务**还包括离婚、性教育、剖宫产。

3. 技术

今天，**技术**带来了另一个世界。**纸币**几乎消失了，电子支付可以通过手机进行。与西方世界相反，个人支票在中国从未流行起来。此外，1994 年货币双轨制实现了统一：外汇券不再流通，外国人和中国人都使用人民币。人民币首字母缩写是“CNY”，所以，使用“RMB”已经过时了。

中国的发展和现代化大步迈进。看看**信息技术**：G3、G4、G5……

互联网控制。尽管这对作家、记者和其他因为工作关系需要信息的人来说很恼人，但这种控制也有正面作用，因为我们可以免受来自世界各地的恶意软件的攻击。

安全。在地铁入口处检查乘客和他们的物品就像在机场一样严格，每次通过安检，我都觉得自己比世界上任何地方都受到更好的保护。现代监控手段允许通过手机进行人脸识别，一个人如果没有什么要隐瞒的，为什么要害怕或反对呢？

75 一个呼吁：要“Beijing”，不要“Peking”

随着城市的变化，人们的思想、行为和互动也在变化。关于北京的外文写法，我们应该写“Peking”“Pékin”“Pechino”“Pekín”“Πεκίνο”“Пекин”“Pekinas”，等等，还是一个统一的Beijing？

“Beijing”一词最早可能是法国耶稣会士金尼阁（Nicolas Trigault，1577—1628）使用的，他还制定了汉语的第一个音标系统——拼音，一种用拉丁字母再现汉语发音的系统。这种拼写在20世纪初也被远东的法语学校所接受，随后在20世纪50年代被中国当局所承认。

1977年，第三届联合国地名标准化会议通过了联合国地名小组“将汉语拼音作为一种国际体系”的工作建议。1982年，国际标准化组织将拼音采纳为汉语的罗马化系统。

从20世纪70年代开始，中国政府和媒体在几乎所有的官方文件中都使用“Beijing”的拼写。然而，我周围很多说法语、意大利语、英语、西班牙语等语言的人在说和写时仍然不采用拼音拼写“B-E-I-J-I-N-G”。他们是无知，还是想说“我不在乎”？

法国的国家地名委员会成立于1987年。该组织于2006年发布了一份名为《世界各国和首都》的正式文件，提醒“地名的拼写法，应该以各国自己开发的系统为主要依据。例如，对于中国人来说，就是他们使用的汉语拼音。这是一种被国际认可的系统”。我们还必须记住，“Beijing”这个拼写更接近当地的发音，逻辑上，中国首都的正确拼写就是“Beijing”，而不是“Peking”。

在宣布2008年奥运会主办城市的决定时，我很高兴地听到，三种官方语言，中文、法文、英文都是用“Beijing”宣布奥运会的中标城市的。

我想，如果非要用“Beijing”以外的拼写称呼中国的首都，暴露的乃是一种殖民主义心态，是拒绝承认中国首都的文化身份。

76 对一个国家集体记忆的思考

在 2008 年，我们可以说 BP 机时代已经很遥远了。但我记得当时人们听到呼机响起时羡慕的眼神，以及它的主人的骄傲。这个小装置很快被第一台移动电话所取代。那时的移动电话体积巨大，几乎和一个固定电话接收器一样大小。价格经常超过 10000 元，这不是所有人都能支付的。这一事实在社会中制造了一个"阶级"。

第一批拥有大哥大的人是社会地位上升了的人，他们会把大哥大拿在手里，大声说话来吸引别人的注意。如今，手机在中国已经变得非常普遍，环顾四周不可能不看到几个人在使用手机。使用手机被看作是人们的权利，而据我所知，在日本和韩国，在公共场合使用手机会被罚款。

尽管在音乐会、电影院或剧院里，有中英文字幕反复提示观众关掉手机，但那些音乐爱好者们总是在演出前"忘记"关掉手机，这难道也是一种权利吗？假设他们真的忘记了……那么，如果在需要静音的时候电话铃响了，为什么他们会接电话，用和平常一样的音量旁若无人地交谈呢？有些人甚至在看演出时、开会时或在上课时，屁股都不挪窝就往外打手机。我觉得这种自由像在街上吐痰一样可恶。

众所周知，汉语有各种各样的具有修饰和美化作用的表达方式。例如，问别人他们父亲的年龄，或者他们孩子的年龄时，用的表达方式是不一样的。这是自古而来的，古时候的教育也包括礼仪的训练。中国人还学会了诚信，还有在别人面前要不动声色。不把自己的不幸告诉朋友而让他们觉得不舒服，在收到礼物时也不喜形于色。有客人在客厅时，即使是在厨房拿碗和盘子时发出声音，也会被解读为不耐烦的信号，可能会让客人感到尴尬。

在这些规则构成教育的基础时，还没有手机，人们也不去听音乐会。那么，这些尚未根植于国家集体记忆中的新的礼貌原则，该如何向人们灌输呢？

77 谈祖国

撰写本书时，我因为新冠肺炎（Covid-19）疫情被困在加拿大。为了重温过去 30 年的记忆，我翻阅了几十本自己写过的关于中国的书，这些书都是用我的心血写成的，我很感激能有幸参与到中国如此卓越的发展中来。岁月流逝，但我对中国的感情却越来越深厚。

我告诉我的朋友我不喜欢寒冷的天气时，他们说："什么？你出生在加拿大，你怎么会讨厌冬天呢？"

出生在一个国家并不一定会让你的身体适应那里的天气。但总的来说，这与一个人对那个国家的感觉无关。当然，我感谢加拿大给我的一切。地球上很少有什么国家没有在自己的土地上发动过战争，这是非常宝贵的。

但在我的一生中，我觉得我身在加拿大，心却在意大利，那里是我祖先所在的土地。加拿大的文化还很年轻，什么是加拿大文化很难作出一个清楚的界定。对我来说，做一个加拿大人总感觉模模糊糊的。而作为一个意大利人，我清楚地知道自己是谁，正所谓：根之所在，祖国之所在。

1991 年我来到中国后，发生了一件奇怪的事情：我的身心终于统一了。我认为加拿大是我的亲人和朋友生活的地方，是我成长和学习的地方；而意大利是一个美丽的国家，有着强大而古老的文化，是一个艺术的国家，也许我对写作和绘画的爱好就是从那里来的。我为这两个国家感到骄傲。现在我认识到：心之所在，祖国之所在。

当我走出中国，在外国和人们谈论这里的生活时，我不由自主地使用"我们"。他们笑着说："看来你现在已经成为中国人了！"

即使和我小时候就认识的人在一起的时候，我也会心有所念：我怀念一个国家，渴望回到中国。一种新的感觉在我心里产生了：乡愁。我在中国的时候，可能会想念一些远方的人，但我不会想念他们所在的国家。

多年前，飞机在夜间飞过北京时，我们什么也看不见。没有街灯，也没有彩色的商业标志。汽车很少，甚至连灯都不开。从机场到城里的路上（在高速公路建成之前），一切都是黑暗的。后来，我看到第一辆自行车或认出第一个公交站牌时，我的心跳就会加快。我到家了！从那一刻起，我明白了：家之所在，祖国之所在。